教育部"庆祝香港回归 20 周年·我的内地求学故事"征文比赛

教育部副部长田学军出席颁奖典礼并讲话

教育部港澳台事务办公室刘锦主任(左七)为中南大学老师(左六)颁奖

全国获奖高校师生代表合影

中南大学机电工程学院周芳老师在中国人民大学领取荣誉证书

全国获奖作品展架

中南大学荣获教育部"庆祝香港回归 20 周年·我的内地求学故事"主题征文活动优秀组织奖

中南大学李彦霖同学荣获教育部"庆祝香港回归 20 周年·我的内地求学故事"主题征文活动三等奖

中南大学王浚岳同学荣获教育部"庆祝香港回归 20 周年·我的内地求学故事"主题征文活动三等奖

中南大学"青春中国　繁盛紫荆"征文比赛

"青春中国　繁盛紫荆"征文比赛颁奖典礼现场

中南大学港澳台事务办公室李新华副主任为港澳台学生组一等奖获得者颁奖

中南大学机电工程学院党委副书记马俊为内地学生一等奖获奖者颁奖

中南大学机电工程学院关工委常务副主任刘世勋老师为二等奖获奖者颁奖

中南大学湘雅医学院关志宇老师为三等奖获奖者颁奖

中南大学港澳台事务办公室李新华副主任为优秀组织单位颁奖

评委刘世勋老师对作品进行点评并朗诵个人作品《沁园春——庆香港回归20周年有感》

香港学生江嘉馨朗读个人作品《牡丹花开莺歌嘹,引得荆香渡岸来》

台湾研究生赖彦慈朗读个人作品《青春中国　繁盛紫荆——台生在中南的故事》

中南大学新闻网对征文比赛进行报道

"青春中国　繁盛紫荆"征文比赛海报

中南大学国际合作与交流处
（港澳台事务办公室）
官网发表征文通知

青春中国 繁盛紫荆

——中南大学庆祝香港回归 20 周年优秀作品集

主　编　白　毅
副主编　马　俊　向学勇　周　芳

中南大学出版社
www.csupress.com.cn
·长沙·

香港回归祖国20年来，与内地的教育合作成果丰硕，两地学生的交流规模空前，越来越多的香港学子负笈北上，在内地大学校园谱写他们的青春故事。这反映了中央政府对香港特别行政区教育事业发展和香港青少年成长成才的高度重视，也反映了两地教育不可阻挡的融合发展大势。

"青春中国 繁盛紫荆"庆祝香港回归20周年主题征文比赛由中南大学港澳台事务办公室、共青团中南大学委员会主办，机电工程学院承办。活动自2017年4月初正式启动，历时两个月。在港澳台事务办公室的领导下，机电工程学院先后完成活动整体方案设计、征文收集整理、评审工作组织协调、获奖作品集编辑设计、颁奖仪式策划筹备等工作。此次比赛分为港澳台学生组和内地学生组，收到来自中南大学20多个学院共计279篇征文投稿作品。其中，部分优秀作品被推选参加教育部"庆祝香港回归20周年——我的内地求学故事"主题征文活动，有2篇作品被评为全国三等奖。中南大学也被教育部评为10个全国优秀组织单位之一。

本书中，我们编辑整理了"港澳台学子在中南""中南学子的香港情结"和"缅怀历史 共筑中国梦"三个篇章。在这些用心灵铸就的珠玑字句里，我们可以看到港澳台学子们在内地的经历、思索和感悟——有人在这里吸纳新知、锤炼能力、为梦筑巢，也有人在这里奔走体验，收获新鲜有趣的成长；我们也可以看到内地学子从小通过网络、电视认识的香港和通过旅游、访学亲身体会的香港——有感性的对于香港的憧憬和向往，也有理性的对于香港政治、法律的分析和判断；我们更可以看到"95后"两岸三地的青年学子，没有忘却祖国曾经屈辱的过往，在缅怀历史中，为实现中华民族伟大复兴的中国梦而不懈努力！

长期以来，中南大学高度重视在校港澳台学生的培养工作，针对港澳台学生的特点，实施了一系列积极有效的方针和举措，帮助港澳台学生了解祖国的国情，适应在内地的学习生活。现在，全校共有香港学生65名、澳门学生33名、台湾学生48名。未来，中南大学港澳台事务办公室将在教育部及有关部门的指导和支持下，继续做好港澳台学生在内地的学习培养工作，不断促进内地与港澳台的教育交流，争取做出新的、更大的贡献。

中南大学机电工程学院精心组织了本书的选编工作。中南大学港澳台事务办公室白毅主任、中南大学港澳台事务办公室向学勇老师、机电工程学院党委副书记马俊、机电工程学院团委书记周芳负责本书的选编和出版工作。机电工程学院侯香君同学、中南大学出版社彭辉丽编辑等为本书的出版做了大量的工作，在此一并表示衷心的感谢。所有稿件均由学生依据自身经历撰写，且均授权同意出版。在此，向所有参与征文比赛的学生及参与书稿整理出版的工作人员表示真诚的感谢。

由于初次进行征文的选材、组稿工作，加之编者水平有限，本书存在纰漏之处在所难免，恳请专家、同仁和广大读者批评指正。

编　者

2017 年 7 月

目录

CONTENTS

港澳台学子在中南

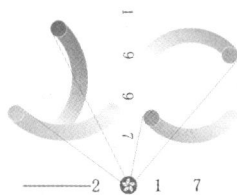

1-6-7-2017

牡丹花开莺歌嘹，引得荆香渡岸来

湘雅医学院临床医学五年制 1605 班　江嘉馨

> 月儿弯弯的海港／夜色深深灯火闪亮／东方之珠
> 整夜未眠／守着沧海桑田变幻的诺言
>
> ——题记

回首 20 年前的那天，最后一任港督彭定康正式告别港督府，香港总督旗伴随着《最后岗位》缓缓下降；在零时来临之际，英国国旗也徐徐下降，这意味着英国对香港长达 155 年的侵占终于结束了！零时过后，五星红旗和紫荆花区旗在气势雄伟的《义勇军进行曲》中冉冉升起，中国人民都沸腾了。

香港——这颗耀眼的东方之珠终于回到了祖国母亲的怀抱！

时光荏苒，转眼间 20 年就这么过去了，香港在"一国两制"下不断发展，与内地的交往愈来愈密切，许多港人都选择在内地生活、发展，我亦然。我生于广东，并长于广东。爸爸总是在我填表格的时候嘱咐我："香港前一定要加中国！"我想，这或许是经历过香港回归的港人们所拥有的骄傲吧！爸爸是在叮嘱我不要忘了自己的根啊！

广东和香港虽说都是讲粤语、吃粤菜的地区，但给我的感觉总是不一样。广东的生活节奏比较慢，喝早茶的不只是老人、小孩，还有很多陪伴父母来的年青一代；在生活节奏较快的香港，年轻人总是急匆匆地拿着一块三明治和一杯咖啡赶往公司，开始忙碌而又充实的一天。

因为我在广东长大，所以就一直在广东念书，自小学开始在班里也有不错的成绩，后来初、高中都被不错的学校录取。我的初中和高中生涯都是在翰林度过的。翰林是一所封闭式军事化管理的学校，致力于培养学生的自理能力。让我感到自豪的是，我们在很小的时候就能叠出一床很标准的"豆腐块"。小时候不懂事总是会抱怨学校管理太严，老师管得太宽，现在回想起来发现学校给我们的不只是知识上的传输，更多的是在无言中感染我们，让老师对我们言传身教。为了培养我们对中国传统节日的意识，每逢佳节，学校必定张灯结彩，举行各式各样的活动；同时，也不忘让我们与国际接轨，在一些有趣的外国节日请外教给我们讲解这些节日的由来以及庆祝方式。初、高中正值青春叛逆期，但是翰林的老师好像总有自己的方法来"治"我们，有时竟分不清是师是友，或许师和友本来就是可以共存的吧！这让我们对他们只有崇拜和喜爱，毫无因为叛逆而顶撞老师的现象。因为拥有香港户籍，我在考大学时也确实享受到了不错的优惠政策，再加上翰林在我们高三那年特地开办了"港澳台班"，小班教学加上老师们的精心栽培促使我考上了如此好的重点大学。

上大学以后，学习变得更加吃力。大学需要很强的自理能力以及很好的自觉性，很多东西都需要自学，我的基础较差需要花费更多的精力在学习上。虽然最后结果不尽如人意，但是在努力的过程中，我十分享受拼搏的快感，尤其是当我绞尽脑汁解决了一道难题之后，所拥有的满足感以及久久不能平复的兴奋之情并不亚于于大宝在对战韩国队时踢进那一球后所获得的。

虽说大学是一段需要孤军奋战的历程，但是偶尔有战友们的帮助会事半功倍。在大学，班里的同学来自五湖四海，虽然每个人的生活习惯和待人处事的方法有所不同，但是相处下来能感受到他们对彼此都很热情、真诚。尤其是我所在班级的班长，大大小小的活动总是会记得特别提醒我参加；还有班里的其他同学，都会不厌其烦地帮我解决疑惑，而且尽力解释到我弄懂为止。还记得上学期期末，我的成绩不太理想，辅导员曾老师还特意找了我谈话，帮我找出成绩不理想的原因并叮嘱我注意改正，同时还不忘鼓励我。

当然，大学生活是丰富的、自由的，参加社团活动也是不错的选择。由于深受 TVB 一部热门法医主题的剧集《法证先锋》的影响，我带着好奇心加入了"法医社"。加入这个社团后，我初步了解到了法医这个职业的重要性，还参观了形态馆，这使我更清楚地了解了人体的构造，也丰富了我的课外知识。此外，我还尝试了通过自己的劳动赚取零花钱。那是一个很冷的下午，因为要准备一次宣讲会的场地布置，我和小伙伴们跑上跑下贴海报，在路边派发传单，但跑来跑去中释放的热量怎么也抵挡不住长沙的寒风。尽管这个工作并不算轻松，但是让我见到了私企 HR 的魄力，以及师兄师姐们面试时的淡定自如，我觉得值了！当我第一次收到通过自己劳动得来的报酬时，我更加切实地体会到了父母赚钱的艰辛，也懂得了勤俭节约并不是只关乎金钱，而是能很好地体现一个人的素质以及良好品德。

在长沙这座美丽的城市上学也是蛮惬意的，虽然长沙没有北京的巍峨雄伟，没有上海的富丽堂皇，但是这座星城到了枫叶落下的季节，就可以约上三两知己，一起骑行去独立寒秋、湘江北去的橘子洲头，在湘江边吹吹风，看看毛主席的雕像；周末可以约上小伙伴，吃遍坡子街，逛遍太平街，感受长沙的地道风味；闲来无事时还可以爬上岳麓山，在爱晚亭坐坐，欣赏霜叶红于二月花。我在路途中见到的长沙阿姨大叔们总是笑嘻嘻的，他们见到熟人会毫不吝啬自己的嗓子，用亲切的"塑普"笑啊聊啊，路人也会被他们的热情感染，心情一下子变得愉快起来。这里的人给我的感觉就跟他们的口味一样——热辣辣的，十分热情。长沙的人也特别热心，志愿者以及献血车随处可见。为了丰富课余生活，我还参加了雅医志愿者协会，定期去探望白血病儿童以及康复治疗区的小孩。可能这些小天使们也被长沙的热情所感染了，在与我们玩耍的过程中竟好像忘记了病痛。长沙就是这样一座拥有活力和热情的城市，让我毫无防备地爱上了它。

荆香渡岸二十载，星城还见杜鹃花。在长沙的港籍学生和商人也有不少，在港人聚会中我们忘却了自己的身份，坐在一起聊天，感觉就像一家人一样。开理发店的叔叔提出给我们打八折，开茶餐厅的叔叔也不甘示弱地说要邀请我们去尝尝香港的味道，他们让我们这些在异地上学的同学有了家的温暖。

我很庆幸自己是中国人。眼看中国发展得越来越好，想到这是多少革命先辈用鲜血换来的，我就倍加珍惜这来之不易的幸福。唯一感到遗憾的是，始终致力于让香港这个小岛回归的邓小平爷爷没能亲眼看到香港回归，相信这也是国人之遗憾。在"一国两制"的政策下，我相信内地与香港以及澳门的关系会越来越密切，发展得也会越来越繁荣昌盛！

我在祖国怀里成长，祖国在我心中扎根

机电工程学院机械 1502 班　肖维伟

来到中南大学已有近两年的时间了，与刚离开家乡那稚气未脱的小男生相比，我已经渐渐成熟。在这里，我有了一群志同道合的小伙伴，生活上过得十分舒适，学习成绩也有显著的提高。正是这样的生活，让我把离开家乡的不舍之情转化成了对未来的期待。

回想起初入校园的那一天，我依旧历历在目，记忆犹新。

那个盛夏，我执意要一个人来学校证明自己是个真正的大学生。但是在没有父母的帮助而踏入校园的那一刻，我才明白入学的程序非常复杂。我渐渐有些慌张。就在我丧气又无措的时候，关心我的学长学姐们主动给我提供帮助，他们带着我去学校的报名点报到，帮我提着行李去寝室安顿，告诉我如何办理校园卡，给我介绍学校的风景建筑，和我一起吃饭、聊天，安慰我不用想家……即使是在烈日炎炎下，我依旧感觉春风拂面，慌乱的心渐渐平静了下来。也正是在学长学姐们的帮助下，我的生活有了一个新的开始，走上了一个新的台阶。

在学校学习的这段时间，我有幸认识了一群活泼开朗的小伙伴。他们热情大方，善解人意，对生活充满向往，在我无助的时候能够及时地给我鼓励和信心，在我需要陪伴的时候能给我温暖的笑脸，在我需要帮助的时候能竭尽全力向我施以援手，在我开心快乐的时候能分享我的喜悦。这些新好朋友为我的大学生活增添了乐趣，也让我感受到了友情的珍贵。

还记得高考前的自己曾经无数次幻想崭新的大学生活。挑灯夜战的拼搏在我踏入大学校门的那一瞬间化为不可言喻的兴奋和自豪。置身于中南大学的校园，我深感这个梦想实现的艰辛，但也正因为如此才更加珍惜今天所拥有的一切。我更加努力地学习，也更加勤奋，上课认真听讲，积极回答问题，课后仔细完成老师布置的作业。虽然大学的学业压力不如高中三年的大，但是我依旧觉得学习是第一要务。作为一名学生，我在学习上从未懈怠，一直坚持对学习兢兢业业，并保持十足的热情与耐心。

来中南上大学是我明智的选择，从未来过长沙的我一时间眼界开阔了很多，接触了很多新鲜的事物。站在岳麓山顶，向湘江望去，鸟瞰万象，我真正体会到了"漫山红遍，层林尽染"的美景；走在橘子洲头，看着远处毛主席雕塑眉头轻锁，我领略到了一代伟人忧国忧民的气质；参观烈士公园，我感受到了先烈们为了国家的存亡，不惜付出自己年轻而又宝贵的生命的壮烈……在长沙的求学之旅中，我也欣赏到了许多优美的风景，感受到了这座城市厚重的文化底蕴。

时间就这样在经意与不经意间飞快地流逝，一晃我来到中南大学已经快两年了，这段时间我所经历的是我过去十几年从未经历过的。短短的大学生活让我深切体会到从一名高中生变为大学生是人生的一个质的飞跃，没有经历过大学生活的青春的确算不上完整的青春。看到师兄、师姐们自信的笑容、洒脱的举止，我好生羡慕，感到自己从思想到行动各方面都不成熟，还像一个中学生。看到他们激情澎湃地将校园生活过得多姿多彩，我也想一展自己的风采；看到他们组织社会实践活动，我也有跃跃欲试的冲动；看到石桌上、自习室里他们苦读的身影，我打破了自己原有的在象牙塔里轻松、享乐的幻想。他们耐心地与我们沟通、交流，为我们指引方向，我发自内心地感激和敬佩他们。

我来自香港，在香港长大，如今又在内地求学，即使文化和生活背景有差异，即使告别家乡、告别亲人，我依旧在内地、在中南大学找到了家一般的归属感。学校常常会组织港澳台学生去各地学习参观，无论是从生活上还是学习上，无时无刻不关心、照顾着我们。

我热爱香港，热爱祖国，我自豪自己能作为一名大学生来到内地，见证祖国的发展和富强。紫荆盛开，繁荣昌盛。站在蓝天下，我感受着祖国的强大与美好。我深信，在未来的日子里，我一定会以最饱满的精神、最良好的状态、最诚恳的态度、最平静的心态、最坚定的信念，脚踏实地地走好每一天的路。

我成长在祖国的怀抱里，而祖国扎根在我的心中。我骄傲我能伸手拥抱祖国，我骄傲我是一个中国人。祝福我们的祖国大步朝前走，未来无限美好！

维港到湘江的距离，只差一个我

湘雅医学院临床医学五年制 1407 班　郑丹燕

从维港到湘江，一千五百多公里的距离，不长也不短，我以前却从未踏足过这片土地。来到这里两年多了，我才发现是我来得太迟了，也许我应该更早地来遇见她、了解她。

2014 年夏天，通过港澳台联招，我来到中国内地中南大学湘雅医学院就读临床医学。初来乍到，只有一颗想回家的心。我之前只去过珠三角地区，从未踏足过祖国其他地区。相比粤港地区的繁荣，长沙这座城市的淳朴安静让我很不习惯。大学第一年，我各种不适应：天气潮湿、极热、极冷，方言听不懂。这让我处于一种抵抗状态，经常不想去上课，也不愿意跟内地生交流。但是，学校港澳台交流处的老师们都很照顾我，经过半年多的时间，我逐渐适应并接受了这里的一切。

从严格意义上来说，长沙其实并不算是一个纯粹的旅游城市。他更多时候是被作为革命教育的圣地，承载着人们对革命领袖的追思。在长沙生活了近三年，我才真正理解这座城市所拥有的别的城市没有的东西——独特的历史底蕴。对我来说，长沙有的是情怀，而不是景点。

香港的同学来长沙找我玩，我们漫步橘子洲头"指点江山，激扬文字"，瞻仰毛主席雕像；我们爬上岳麓山看万山红遍，层林尽染，在岳麓书院领略千年学府的书香，在爱晚亭吟一句"停车坐爱枫林晚"；我们去太平街、坡子街品尝湖南特色，去第一师范寻找一代伟人毛主席的足迹；我们还特地坐火车去了岳阳楼洞庭湖。我和同学都感叹，中文课本上的古诗词所提到的古迹景点竟全都亲眼见到了，这真的是一种奇妙的感觉。来到古迹背诗词，就好像穿越了时空与古代文人一同吟唱，这奇妙的感觉是以前去多少次亚洲、欧洲其他国家也没有的。我从来不知道，感动原来可以由此而来。那次和同学站在岳阳楼上，望着面前的洞庭湖水，我们竟然很默契地用粤语念出了"昔闻洞庭水，今上岳阳楼"，那份激动与开心我们永生难忘，那也是我们第一次觉得自己和祖国的文化相距这么近。原来，只要你愿意去接受，她便是触手可得的。

对于自己不了解的事物，不要轻易下定义，这样容易产生偏见。只有深入了解它，才有资格去评价它。这是我来到内地这几年最大的体会。以前的我总是先入为主，心里有自己的看法，交友圈子只局限于港澳台学生和留学生，却从来不愿意跟内地学生交流。直到大二开始跟内地生一起住，我才结交了很多内地朋友，并且还跟他们一起参加了很多活动。

大二搬到湘雅校区我才选择跟内地生一起住学生公寓。一开始我特别忐忑，担心与他们会相处不好，担心彼此不同的生活习惯和思想观念会导致矛盾。但是后来我发现她们都是特别善良热情的朋友，并没有我想象的那么难相处，我心中那层隔阂被消除了。她们很乐意倾听我对内地的看法，也很有兴趣听我讲香港的文化、饮食、教育、生活等。大二、大三时，我一共有五个内地室友，她们分别来自宁夏、内蒙古、西藏、湖南。室友们的家乡都是我渴望了解接触的地方。她们让我了解了很多她们家乡的生活习俗和文化，并且很热情地邀请我去她们的家乡做客，而我也一直向往着有一天能去她们的家乡看一看、走一走。

在内地生的积极的学习氛围的带动下，我开始认真学习，并且取得了很大的进步，个人获得了2016年度港澳台奖学金一等奖，所在宿舍也相继获得了院级文明寝室、校级文明寝室。我真的觉得和内地生同住是我大学期间做的最正确的一个决定。室友对我说，大一的时候也觉得不可能跟我成为朋友，感觉是完全不一样的人，但相处下来却发现大家都是一样活泼单纯的年轻人。我很庆幸，因为你们，成就了镜子对面的自己。囿于镜间，又存于时光；奔于路上，却不固现状。

湘雅临床五年制1407班这个集体真的让我在内地感受到了很多很多的温暖，也拥有了很多共同的记忆。第一次见到他们是在军训结束那天，班长打电话叫我去拍合照。那天他们所有人都穿着绿色的迷彩服，只有我没穿显得格格不入，但是同学们对我还是很热情。初次见面非常愉快，从此开始了我们的故事。大学这三年，抹不掉的美好回忆真的很多：跟他们沿着麓山南路吃小吃，去杜甫江阁看夜景，在湘江边看烟火，游览天心阁，组队参加从长沙徒步到韶山的湖南百里毅行，在铜官窑踏春做陶瓷，穿梭于靖港古镇……每次开学回学校，我都会收到大家从家乡带来的各种特产，班里同学生日都会聚在一起庆祝，我作为医学生的每一个第一次也都是跟他们一起经历。

最难忘的是一起参加了中南大学举办的马拉松大赛。那次跑完马拉松，大家还疯狂地从新校区走了三个小时回湘雅校区。沿着湘江，我们一路说说笑笑，累了就在江边坐一会儿，那种感觉真的很美好。正值青春的我们一起做了很多想做就做的事，尽管疯狂但却美好，而以前的我甚至不曾想过会遇见这样美好可爱的他们。来自中国最北边、最南边、最西边、最东边的他们，那些城市的名字我都只曾在中学地理课本上见过，却从未想过可以跟来自那些地方的他们成为朋友。

在医学课程的学习过程中，老师们对我的影响也是很大的。老师们不只教给我们医学知识，还在上课过程中把自己多年的行医经验、做人做事的良好作风一点一滴地渗透给我们。每次有什么问题，老师也都会热情地为我们解答。这次申请大学生创新项目，老师也很热心地给我们提了意见，并在百忙之中抽时间一字一句地帮我们修改标书。我真的很感动，也很感谢老师们不计回报地帮助我们。

生活学习中难免会有不顺利，但是我在这边感受到的都是老师、同学的热情与包容。他们给了我很多帮助，让我感受到了很多温暖。我想每个人人生中都会遇到这样的人。我们在人生的拐点相遇，惊叹于彼此的不同或者相似，有过不少平淡无奇却值得纪念的时光，任白衣苍狗，风云变幻。感谢在这里遇到你们。或许，最好的缘分，不是在人海中相遇，而是相见恨晚。最好的结局，不是在一起，而是不相忘。

这几年我在内地念书，去了内地的很多地方旅行。都说一方水土养一方人，我现在才逐渐理解这句话的意思。每个个体都不可能完全一样，更别说生活在不同文化环境下不同地区的我们。青春千般好，也好不过在金色阳光下，带着青草香气的无知，扛过风吹雨打，闯过江河湖海，既不害怕未知的未来，也不畏惧未知的远方。所以，我希望很多不了解内地的朋友们有机会来看看如今快速发展的内地，汲取值得我们学习的经验，感受我们祖国的人文历史。我相信，祖国的河流山川和历史文化都不会让你失望的。

香港回归祖国已经 20 年了，我们都相信香港在祖国母亲的怀抱下会走向更美好的明天，也希望香港和内地能有更多的交流。从维港到湘江的距离，中间真的只差一个你，只要你愿意张开耳朵去倾听，愿意敞开心胸去拥抱，这一千五百多公里的距离又怎么会是距离呢？

写给港澳台学生的一封信

——致未来赴内地学习的你们

商学院财务管理 1602 班　杨钊淇

亲爱的港澳台学子：

你们好！我是一名就读于中南大学的香港学子。今年是香港回归祖国的 20 周年，很荣幸能够借此机会与大家分享我在内地求学的经历，希望我的一孔之见可以给你们带来帮助。

关于高三报考：

在高三报考之前，你要考虑清楚为何要到内地求学。我之所以选择内地的大学就读，一方面是因为家庭的关系，另一方面是因为内地就读的优势。首先，内地的大学多，相较于香港的八所大学，升学概率更大。其次，大学毕业之后，内地毕业生的就业选择面也比香港的广。再者，我早就听闻内地大学有良好的学习风气，所以想亲自来感受一下这种良好的氛围。正所谓与优秀的人为伍，你才能出类拔萃。

对于想要在内地完成大学学业的港澳台学子，有以下两种情况：其一，对于在港澳台就读高中的学生，如果你们想在内地求学，就需要自己报考心仪的内地高校。在通过这些高校的笔试、面试之后，方可进入内地高校学习。相信聪明的你们，一定能实现自己的目标。其二，对于跟我一样就读于内地高中的学生，如果你们想要在内地继续完成大学学业，就必须参加"中华人民共和国普通高等学校联合招收华侨、港澳地区及台湾省学生考试"，简称"港澳台联考"。因为"港澳台联考"不同于内地的高考，所以为了通过联考，除了一小部分学生会选择通过自学来参加联考外，大部分的学生会选择某些机构来学习备考。在我看来，选择那些港澳台联考的机构绝对能使你受益匪浅。因为他们有丰富的报考经验，在学习过程中，能够帮助你准确定位，选择适合自己的高校报考。

关于备考学习：

常言道："水滴石穿，非一日之功。"无论是通过哪种方式来内地学习，都要通过最终的考试。因此，你只有通过努力学习，考出满意的成绩，才能获得自己心仪大学的录取通知书。下面，我来谈一谈高三联考的学习经验。

"书山有路勤为径，学海无涯苦作舟。"高三的备考，无非是在复习的基础上更进　步学习。而备考，最重要的就是要调整好心态。拥有一个良好的心态是你成功的关键。在面临人生最重要的考试的时候，无论你的成绩好坏，都不能急于求成。首先，你应该做一个学习计划，并按时完成计划中的任务，不能出现"今天的任务留到明天完成"的想法，学习一定要扎实。其次，你要确定自己的优、劣势科目。除了学好擅长科目之外，还要专攻自己的劣势科目。学校平时的测验可以反映出你哪一方面比较薄弱。所以，每一次测验中的错题你都需要认真地分析改正。各科的错题本不仅可以巩固自己的知识，还可以在最后冲刺阶段作为复习的材料。再次，遇到问题要勇于发问，你要相信老师是很乐意为你解答的。第四，无论遇到什么困难，你都不能放弃。就如俗语所说："没有过不去的坎。"只要你坚持、永不言弃，任何困难都可以克服。最后，我想说的是，高三只有一年，你要相信只要肯努力，并端正学习态度，勤学好问，肯定能够进入自己心仪的大学。

关于大学生活：

当你通过了升学考试，拿到内地知名大学的录取通知书，那么恭喜你正式成为一名大学生，你的大学生活即将翻开崭新的篇章。

在衣食住行方面，之于"衣"，虽然各地有着不同的气候，但与香港的气候相比，总体不会相差太多，所以不必过于担心衣着问题；之于"食"，中国南方大多以米为主食，北方多以面为主食，各种美食总有你喜欢的；之于"行"，教室离宿舍不会太远，你可以选择公交、步行，或者骑自行车、电动车等。下面我来重点说说"住"的问题。来内地大学就读，你不用担心住宿问题。一般的大学都是四人间，上床下桌，基本配备皆有。而在我就读的中南大学，香港学生住的是留学生公寓，你可以选择两人间或单人间，落地窗、书桌、衣柜、卫浴等设施一应俱全，每层楼还有洗衣间、厨房，日子过得相当舒适，不亚于在家里。

不同于高中学习的千篇一律，大学生活是丰富多彩的。大学会给你提供很多的平台，让你尽情地展现自我。除了学习，大学里还有很多组织、社团。你既可以通过参加像团学会这样的组织来提高自己的能力，也可以参加各式各样的社团培养自己的兴趣。而在我眼里，兴趣是最好的老师。就我本人而言，我喜欢日语，所以加入了我校的日语协会，与日语爱好者们一同学习日语。在日语协会里，擅长日语的同学会教初学者常用的日语知识；社长也会在春季组织同学们一起去植物园赏樱花。在日语协会，我不仅可以学习到日语知识，还可以学会怎么与人相处，并领悟许多人生哲理。

除了社团，学校每个假期都会有社会实践。今年寒假，我参加了我校商学院的社会实践，与实践小组成员一起开展了有关禁毒教育宣传的活动。我们一起参观了虎门海战纪念馆，学习到了很多有关毒品的知识。线上，我们通过新媒体调研大家对毒品知识的了解程度；线下，我们通过在学校里分发问卷、采访学生的方式来调查。从社会实践主题的确定到调查结果的分析，每个环节都令我收获颇丰。我不仅学会了如何运用新媒体，而且在第一次尝试分发问卷时，学会了如何去与人沟通，如何采访他人。在这不到一年的大学生活中，仅仅是这些活动就给我带来了这么多的收获，相信你的大学生活会更加多姿多彩！

关于大学学习：

既然你选择在内地上大学，相信你已经做好充足的准备面对各种问题。据我所知，香港的大学都采用全英文教学，而内地的大学，除了英语课和一些外语课程，其他课程均是中文教学。而且内地的教材使用的是简体字，这与香港教材使用的繁体字有所不同。在我看来，这些问题都不成问题。内地的学生、老师都十分友好，内地的学习环境也十分好，相信在良好的学风下，在同学和老师的帮助下，你的问题都能得到解决。

当你进入内地大学后，学习的方法也要发生变化。首先是态度的转变。进入大学校园，在学习上你要化被动为主动，正如企业家陈安之所言："成功者必须主动出击"。大学强调的是自主学习，大学老师不会像高中老师那样时刻督促你学习。你只有认识到自主学习的重要性，才能算是一名合格的大学生。其次，一个主动的人，应该在进入大学时就开始规划未来。在大一的时候，你就要做好自己的职业规划。因为我是财务管理专业的学生，所以我就给自己确定了目标：在未来成为一名合格的会计或是财务管理者。同时，在大学四年里，你要了解好自己应该考哪些证书，基础的大学英语四、六级是肯定要通过的。再者，你要打好自己的专业基础。学好自己的专业知识才是最重要的，否则一切都是空谈。此外，一名优秀的大学生还要培养自己的动手创造能力和社交能力。积极参加校内活动、社团，不仅可以丰富大学生活，而且可以提高你各方面的能力，还可以把学到的东西运用到现实生活中去，做到融会贯通。最后，无论是在大学，还是高中，学习都要靠自己努力。天道酬勤，相信你的努力，终究会有回报。

人生如逆旅，我亦是行人。在人生的旅途上，你宛如过客一般，行色匆匆。大学四年稍纵即逝，所以，请你一定要好好珍惜时间，无悔地度过这几年。刚进入大学时，我也曾迷茫过，浪费了不少时间。可看到身边勤奋学习的同学时，我明白了要把握当下，好好学习。

以上就是我浅显的见解。希望这些经验能够帮助到你们。最后，祝你们学习进步，学业有成！

　　此致

敬礼！

一位在内地就读的学生

2017 年 3 月 26 日

为了过更好

机电工程学院机械 1601 班　陈万宁

　　我觉得我应该是被爸妈当成了回归的纪念品，因为出生那年正好赶上香港回归。在邓小平爷爷与撒切尔夫人那次充满智慧的谈判下，香港重新回到了祖国的怀抱。香港的回归不仅促进了香港地区的稳定发展，更使祖国统一大业迈出了坚实、可喜的一步，让中华民族昂首挺立在历史的高峰上，这也是所有中国人愿意看到并且为之自豪的。

　　今年正好是香港回归 20 周年，从 20 世纪过来的我，如今也成了"老男孩"。我的妈妈是广东人，而爸爸是香港人，那时初三还在香港念书的我，因为妈妈的一句"不如你过来我这边读书吧"，人生轨迹发生了巨大的改变。

　　高一的时候，我以择校的方式进入了珠海斗门一中，当翻开那使我抗拒又充满期待的课本时，我瞬间明白了什么才叫理科，它就像是给出一个硬币的质量要求算出太阳的密度般令人绝望。以至于往后的每次自我介绍，我都会用蹩脚的普通话告诉亲爱的同学们"我来自香港"。这样说并不是为了搞特殊，而是想跟他们暗示我的学习真的很差劲。总会有人问我为什么要跑来内地读书，香港不应该是最好的吗？我那时总回答："吾乃奉娘亲之意。"

就在我像其他同学那样为高考而努力奋斗的时候，我从老师那里得知港澳台学生是参加不了高考的。也正当我对"全国联考"这个陌生的考试制度充满疑惑的时候，我已经毫无意识地收拾好行李站在校门口了。当我反应过来时心里想：也罢，说不定这是一条出路，就知道上天为我关上一道门之后不会顺手狠心地关上那扇窗的。只是那天高高兴兴回家的时候，我差点被妈妈以为是被学校开除而家法伺候。

高三那年，我去了华南师范大学里的一家港澳台补习机构读书，里面的学生跟我都是一种身份类型的。第一天，大家在教室见面的时候，都有种"同是天涯沦落人"的感觉。

录取结果公布的那晚，我控制不住自己的手指，拿着手机颤抖地输入学生信息，慢慢滑向录取结果，当我张开小眼睛，见到几个字——"您已被中南大学录取"时，要不是顾及是深夜我可能早已经大声欢呼了。那晚我没有告诉妈妈这个好消息，因为我觉得一个人开心到失眠总好过两个人失眠。

第一次来到湖南长沙，心里无限感慨，这是一个充满热情和火辣的城市，简单点说就两个字——"热"和"辣"。中南大学有专门的留学生公寓，作为港澳台生我也被分配了进去。我深深地感受到了中南大学对我们的照顾，这可能也是香港的大学没有的。开学不久，学校带领留学生和港澳台生去岳阳考察，不单单是外国友人看到秀丽的风景惊叹，连我面对祖国的山河也是忍不住地赞叹。

后来，进入了大学的学习生活，学校的辅导员、班上的同学耐心地为我解答了许多疑惑，并且帮助我解决了许多其他的问题，我心存感激，也为拥有这样美好的环境而感到高兴。现在，时常会有人问我为什么选择来内地读书，香港不应该是最好的吗？我的回答是："没有最好，只有更好。"我想告诉未来赴内地学习的港澳台学生，不要害怕面对不同的学习制度和学习内容，你所需要做的就是诚心地学习，祖国会给予你最大的帮助。

　　香港回归 20 周年，代表了祖国的大团结。现在，中华各民族和谐相处，共同创造美好的生活环境。每个中国人的心中都在深深地祝福，祝福祖国必定会实现完全统一，神州大地也将再写辉煌史诗。

星城待绽的紫荆

外国语学院法语 1601 班　王浚岳

　　二十年前，紫荆花曾绽放在南海之滨——那个昌盛繁荣、高楼林立、风景绝美的城市。当白皮肤的人将紫荆花交到黄皮肤的人手里，这座美丽的都市，翻开了属于她的，新的篇章。她终于可以毫不吝惜地拥抱身后这片雄伟的土地。

　　而今又是紫荆花绽放的季节，也许是身在看不到紫荆花的地方，所以对她才更有一种说不出的情节。在机缘巧合之下，我来到了这个开满红色杜鹃花的都市，这个把杜鹃花作为市花的城市。如果说一朵花能代表一座城市的人的品格，那么鲜艳的红色的杜鹃花就恰到好处地体现了其"敢为人先，心忧天下"的品格。如果说紫荆花还象征着"清幽、淡雅"的话，那么大红的杜鹃花一定也象征着"热情、火辣"。也正如香港的食物比较讲究味蕾的绽放和摆盘的精美，湖南这边的食物则以辣为主，深深地刺激着我们的味觉，但刺激中又不失其味道搭配的巧妙。这与香港却又是大大的不同。

　　初来长沙，我也特别不习惯，可能是习惯了海风徐徐吹来的香港，而长沙却是一个看不见海的城市，这不免有些令人沮丧。但是，令我担心的却不是自己对海的思念，而是自己的思想和生活习惯会与大学里的其他同学有很大的差异。

中南大学外国语学院，这是我大学开始的地方。记得大学刚开始的时候，率先迎接我的是同院的学长学姐，以及温柔的辅导员。记得报到的那几天，他们几乎天天守在宿舍楼下，登记已经到学校的学生。那几天，长沙天气很热，太阳特别大，他们基本上一坐就是一天，汗水浸透了衣裳也一直忠于职守，特别辛苦。辅导员就像大姐姐一样，时不时就会向我们发来问候。所以说，刚来大学的时候，感觉这里特别温暖。当然，这也是我上的大学的第一课，那便是"忠于职守"。

开学后便是辛苦的军训，但也总算见到了班上的同学。虽然作为一名港澳台生不用参加军训，但是我也会作为班级的"后勤组"去看望班里的同学。同学们穿着学长学姐们所说的"青蛙皮"，在长沙的烈日下，身板挺得笔直，站了很久却一动也不动，豆大的汗珠在同学们的脸上翻滚。看到这幅情景，我的内心不由得一颤，对班里同学产生了一种无比钦佩的感觉，同时也为自己在旁边偷闲内疚无比，心里不知有多少次想和大家一起站在烈日下，但我能做的仅仅是帮同学们带着水、创可贴等一系列可能用到的物品，静静地观望着他们。

他们军训时，正是我了解长沙这座被称为"星城"的城市的最好时间。也是在烈日下，我游荡在长沙的太平老街上，感觉这条街特别古香古色，却又不失现代的商业气息。漫步在岳麓山的登山小径上，我观赏着满山的生机勃勃，观望着父母经常提起的岳麓书院，也观望着孤寂的爱晚亭。岳麓山不高，但风景绝佳。攀上岳麓山顶，鸟瞰湘江以东的繁华景象，在夜晚亦能欣赏江东之繁华、喧闹。湘江以西是大学城，虽不像江东那样高楼林立，但多了许多宁静，亦多了几分灵气。这让我不由得思念太平山顶的景象。攀上太平山顶，迎着可能是维多利亚港吹来的海风，人会感觉特别凉爽，望着尖沙咀和港岛的繁华，人的心里也会特别平静。霓虹灯遍布整个香港，游轮和小船不断地进出维港，这一切均映射着香港的繁忙，更凸显着香港的喧嚣。但也许是因为这里是香港的高处，所以即便喧闹，也能够让人找到内心的平静。

军训结束些许日子后便开始上课了。我终于见到了既十分可爱又十分和蔼可亲并且有耐心的老师。在这所大学，老师没有将我们区别对待，而是一视同仁，统一地要求我们。我是学法语的，刚接触到这个语言时，是饶有兴趣的，上课也会很认真地听老师讲，但是随着时间的流逝，或许是课后努力非常不够吧，我掉队了，上法语课开始变得吃力，自己也变得不认真起来。记得有一次，老师刚讲了一种时态，并且要求我们用这一种时态完成作业。我随意地做完了，也没有查阅资料和检查错误就把作业提交了。就那一次，我把老师反反复复强调的知识点给搞错了，她看了之后非常非常生气，在课堂上毫不留情地批评了我。我当时却没有领情，眼泪当场就流了下来，可以说是泣不成声了。记得那堂课我全程都低着头，没有抬过一次头。第二天，我就把作业重新写了一遍。这次，我写的是正确的，虽然不知道上一堂课没给老师面子的行为有没有被老师注意到，但是老师还是很耐心地给我重新讲解了这个语法点，并且指出了我重新交上去的作业的错误。那个时候其实我也是特别感动的，毕竟自己曾经对老师不敬，但是老师却依然很耐心地教导我。我的发音不是很完美，老师时不时还会指出我发音上的错误……可能从那时起，我就决定认真对待学习了，虽然现在这方面还欠佳，但是我决定努力尝试。

在大学里，可能与我有摩擦的不仅仅是老师，同学之间的摩擦也是特别多的。刚进大学的我特别兴奋，加入了很多组织。在那段日子里，我忙得不可开交，学生工作几乎占去了生活的一大部分，可能这也是我学习成绩不是很好的一个很大的原因吧。虽说很忙，但我也因此找到了自己的兴趣点并确定了自己的目标。更重要的是，我认识了一群特别好的朋友。在学生组织里，最重要的就是互相合作了。部长把工作分下来之后，大家只有同心协作，才可以完成得很好，少了其中任何一环都会显得有点欠缺。犹记得有一次准备一个晚会节目，当时特别辛苦，从确定台词、修改剧本、排练动作，到对台词、彩排等，环环相扣，一切都是构成这一节目的重要因素。记得那段时间排练舞蹈，自己对着镜子，放着舞蹈音乐，跳了一遍又一遍，而回过头去教同组的伙伴跳舞也是一遍又一遍。回想起那段日子，真的是感觉特别辛苦但是也特别甜蜜。当穿上租来的服装，登上舞台的那一刻，我的内心真的无比兴奋，我的伙伴们也是如此，也许是自己的努力终于有了回报吧。之后，我和同组的伙伴就成了经常交流的朋友了。

而我也很高兴找到了自己的兴趣——模联。可能这种活动比较小众，虽然我参加模联会议也不多，但是从我第一次参加模联起，可以说就深深地爱上了它！首先要阅读议题的背景材料，只有充分了解议题，在会议上才会有话可讲。会场上，各位代表努力地探讨，不断挖掘新的问题，并且热烈讨论，可能有分歧但更多的是协作，最后从分歧到统一到制定出一份决议草案，可以说因为解决了一个问题，大家的内心都是非常愉悦的，而努力探讨解决问题的过程更是非常可贵的。更重要的是，你会遇到许多和你有相同见解的朋友，这也是非常难得的。可以说，我非常享受这种不断探讨问题的同时还能结交朋友的活动。

现在看来，我一开始担心自己跟不上或者融入不了这边的学校，也是想多了。现在的我和大家相处得非常融洽。所以我觉得，想要交到朋友的话，首先要放下自己的成见，不能把自己当成港澳台学生，而要把自己当成这所学校的学生。我们和同学们并没有什么不同，这是真的。其次我觉得应该多参加班级的活动，多和同学们以及老师交流，这样才可以更好地融入这个班级、这个大家庭。学生工作可以积极地去做，但是功课不能丢。要对任何事情都抱有十足的热情，努力寻找自己所喜爱的事物，并且去享受它。还有，我们要努力找到自己的目标，并且为之努力。最重要的是，我们要胸怀理想，拥有热情，因为我们都是待绽之花，定会有最绚烂的那一刻。

二十年后，紫荆花再次绽放在那美丽的港口城市。海风吹拂，拂起了花瓣，使其飞向了背后雄伟的大陆。花瓣拥抱着这一望无际的大地，并且在大地上扎根。她被柔软的大地抚摸，同时也亲吻着柔软的大地。

从港入湘：从容不迫地生活，专心致志地前行

商学院国际经济与贸易1601班　姚莹怡

　　提到在内地的生活经历，不得不谈谈我选择中南大学这个充满活力与学术氛围的"985"大学的原因。一如名言所述，"在压抑的思想环境下是不可能产生创造性火花的"。而中南大学为我提供了一个积极开放的环境，搭建了一个发掘自身潜力的平台。初入中南大学，进入商学院的国际经济与贸易专业学习，我便不由得被这里的学风所震惊了。学习上，大家焚膏继晷、相互竞争、努力上进的学习态度让我收获颇丰。清晨6点便能看到他们忙碌研习的身影，夜晚的困倦也丝毫没有阻挡他们伏案夜读的激情。生活上，同学之间包容关照、嘘寒问暖。他们这种积极向上、坚持不懈的精神深深地感染了我。我不禁深思，在这些从百万高考大军中脱颖而出的同学身上，或许真的有许多值得我学习的优点。同时，我不断反思自己，是否在过于舒适安逸的生活中自我满足，失去了动力与方向。毕竟有句古话——"生于忧患，死于安乐"。只有每日三省吾身，才能发现自身

的不足，从而改进、提升自我，成为更好的自己。

初入内地的大学，对未来的迷茫、焦躁、不知所措的情绪包围着我，再加上内地的饮食与生活习惯与香港差异甚大，水土不服也成了我的苦恼。湖南人偏爱辣椒，几乎每一道菜都充满辛辣感。面对这些生活上的差异，我深深感受到，我已在异乡求学……而这时，我碰到了一群优秀而友善的同学。通过和他们的朝夕相处，我了解到，其实大家都来自全国各地，都面临着同样的问题、同样的烦恼——难以适应新的环境。然而生活上的不适应，并没有让他们就此消沉。他们分享的感受与随之的做法让我明白，既然已经选择在远方读书，适应便是我们必备的技能。与其想着改变环境，不如学着去改变自己，努力去克服种种不适应。摆正心态，你就会慢慢发现，自己已在一个陌生的环境里逐渐成长起来。而且放眼未来，有了这样一段经历，将来参加工作或者外出旅游时，你都会倍感轻松。作为过来人，我有一点建议：在赴内地之前，应多多了解当地一年四季的天气状况和饮食生活习惯，做好准备，这样可以让你更快地适应生活，融入环境。

作为一个初入大学的人，我之前一直被灌输这样的思想——只要考过了"港澳台联考"，上了"985"大学，我们就可以放松自己了，等待我们的大学是自由的、开放的。然而事实却与之相反。自由开放，是为了更好地发展自己，并利用好自己的课余生活来充实自己。一开始，我并不知道自己应从何做起，不知道该如何与他人交流沟通，不知道未来路上是鲜花还是荆棘……在很多方面我都一窍不通，缺乏目标，缺少动力。而这时，学校举办的有关职业生涯规划的讲座给了我极大的帮助，让我体会到学院在职业生涯规划这一方面也是十分重视的。我开始询问自己：自己的核心竞争力是什么？与别人有哪些不同之处？自己的兴趣在哪里？以后想要做什么？社会上需要的到底是什么样的人才？

多向身边优秀的人学习——这就是我最想与大家分享的经验。如果你依旧迷茫，不知所措，不妨看一看你周围的同学是如何规划自己的学习生活的。你可以和他们多交流，把你的问题、困难告诉老师、同学，向他们寻求帮助。在与他们相处的过程中，你会不断发现身边人的众多闪光点。这时你就需要反思自己，弥补自己的不足。分享一下入学半年来他们给我的建议："把握好身边的资源、自己的优势，并利用好自己的人脉，不要害怕麻烦别人，人与人的感情就是在一次又一次的麻烦中产生的""大学就是应该要多尝试演讲，不要畏惧观众，如果你能多次尝试，把握好每一次可以在众人面前报告演讲的机会，并提前准备好你想要说的，那么你的演讲能力就会得到很大的提高。没有谁是天生的演讲家""课前预习，课上认真听讲，能在课堂上吸收的知识就不要以为自己在课后可以弥补回来，再加上课后好好复习，多看看老师的教学资料，知识就可以掌握好了""今天可以做完的事情，就今天做完，不要放到明天。想要做的事情就马上开始做，不要等有空再做""哭不能解决问题，你应该冷静下来，想想怎么做"……太多太多，列举不尽。就是他们一次又一次的引导和帮助，我的大学生活才开始发生改变。我不再是那个畏惧演讲，在观众面前脸红心跳、讲话支支吾吾的同学；不再是那个不懂又不敢麻烦别人的羞怯的小姑娘；不再是那个拖延症严重、总要他人督促的仿佛还没长大的孩子。我变得成熟稳重，在很多情况下知道要换位思考，从别人的角度出发；碰到紧急麻烦的事情，知道要冷静下来，好好理一理思路，发现问题所在，从而思考对策；在事情又多又杂的时候，便用本子记录下来，根据事情的重要性合理安排时间；看到需要几千字的论文或是作业，也不再抱怨，而是用心完成。

另外值得一提的是大学丰富的社团生活，这也是让我印象最深刻的地方。大学有各种各样的社团活动，我们可以根据自己的兴趣选择一到两个参加，既不会占用太多时间影响学习，也能使自己的课余生活充满趣味。在众多的组织中，我选择了创行——一个商业与公益结合的组织，这对我的社会实践能力有很大的帮助。首先，它的参与门槛很高，需要经过两轮面试，包括小组讨论和个人面试。在参加面试之前，要认真思考自己的优势，思考自己的到来可以为这个组织带来什么，面试技巧也是必须具备的。在一轮小组讨论面试中，面试官临时给了我们一个问题，让我们讨论解决方案，我是倒数第二个发言的，看着前面同学都有条有理、充满自信地把解决方案用很专业的语言表达出来，我感到了压力与紧张，同时也意识到了自己能力的不足、知识的匮乏。结果显而易见，我因为太紧张而语无伦次，表现不佳，与"高考生"的卓越表现相比更是相形见绌。本以为自己已经没有机会再进创行，可是面试官并没有因为我的紧张而淘汰我，反而谅解了我可能因为过于紧张而没有发挥出自己应有的水平。那天，我的心情复杂，时起时落，在这样的情绪下，朋友帮我分析了自己的优势——我来自香港，接触过很多这里没有的事物，可以将在香港生活的所见所闻带到这里的实践中。一个晚上的反思、准备使我在第二轮面试中表现得出乎意料的好。得知自己通过的消息时，我内心的激动无以言表。

进入创行后，让我印象最深的是一次熬夜完成任务的经历。第一次参加创行的会议，就感觉它是一个特别有潜力的组织，我一去就被分配了一个处理库存的任务，还被指任为这次任务的组长。我感到压力很大，害怕第一次就做不好，负责人便安排了一个技术组的大神来指导我们。一开始有很多的问题，但指导老师的话一针见血，引起了我的思考以及对这个任务的构想。除此之外，对新媒体操作的苛刻要求也培养了我认真严格的态度。这只是我在大学求学过程里成功迈出的一小步。之后在创行工作的一次次参与中，我更是深深地受到了组织里其他优秀同学的影响，我们一起用课余生活实地调研，与不同专业、不同年龄的人接触、合作，定期开会讨论活动方案，解决问题。一切都在慢慢变好，这让我对一直以来陪伴在我身边、给予我帮助的益友充满感激。

一个学期已然结束，我的大学生活充实而快乐，我也在苦恼与思索中不断成长。现在吃到红红的辣椒，也不再刺激，不再思乡。有了朋友的陪伴、老师的鼓励、时间的磨炼，内地求学之路荆棘与鲜花同在，意义非凡。放眼望去，远方的我已经扬帆起航。

向自己提问

商学院会计 1502 班　欧媛媛

我今年正好大学二年级，是中南大学的一名香港学生。大学前，年少的我与大部分港澳台学生别无二致，会因自己不用考生物而捂嘴偷笑，会因较低的大学录取分数线而洋洋得意，似乎以前的高考目标不再遥不可及。我有幸避开高考的独木桥，走了一条得天独厚的康庄大道。

然而，在取得录取通知书后的一段清闲的时间里，我渐渐意识到也许我能轻而易举地获得上重本的资格，但未必有能力与"高考生"在大学里博弈。通过一系列的质疑，我开始辨别出自己的声音——对大学的规划、对那些脚踏实地的"高考生"的敬意和对友谊的追寻。

于是，上大学后，我选择了与大部分港澳台生不一样的生活。

在迷雾中点起一盏灯

我常常沉默，逼近自我，在迷雾中冷静地辨别自己内心的声音：我究竟想成为什么样的人？为什么想成为这样的人？如何变成自己想要成为的人？

我明白自己并不热爱会计这个职业，但却可以凭借这份薪水去追寻自己的兴趣。于是，我在大学生活的一开始便做好了准备。我想回香港从事会计工作，最好先进香港的"四大"，趁年轻时多磨炼自己，之后借助"四大"的跳板进入一家自己喜欢的企业工作。在大一时，通过老师的职业规划课，我了解到取得国际会计注册师的资格证书（ACCA）能为我今后回香港工作提供一个非常理想的机会。想通了这一点，从大一开始我便在课外的教育机构学习 ACCA。

我深知自己悟性不高、自制力弱、懒散怠惰，但我决心改变，重塑自我。刚步入中南大学，我便从留学生公寓搬入普通宿舍，一来希望用相比于留学生公寓来说较为艰苦的环境约束自己，二来也希望可以向成绩优异的舍友学习，融入班级生活。在那一届的港澳台生中，我是为数不多搬离留学生宿舍的人，身边的港澳台朋友很不理解我的选择，觉得我放弃舒适的居住环境不可思议。也许，在他们看来我是很傻，可我始终觉得年轻时享过的乐会变成暮年要吃的苦。

我是如此贴近那些高考学霸们的生活：与她们生活在一栋楼里，甚至还成了非常要好的朋友。以前觉得那些成绩十分优异的同学于我是多么的遥不可及，现在却经常发现她们也会像其他少女一样描眉装扮，也会偷偷打游戏到深夜，她们在生活中与我无异，只不过在学习时多了一些专注与投入，并且有更强的时间规划。慢慢地，在她们的影响下，我目光坚定，做事越发专注，更加努力和认真，在这些人身上，我拼命地汲取着养分。

灵魂朴素，如梅子的核

在大学里，我遇见了很多成绩优异又生活有趣的人。在进入创行后，对这种人的羡慕变成了驱使我前进的动力。

创行，全球三大大学生组织之一，运用商业思维运行公益活动的组织，大一时我便有幸加入了这个人才济济的组织。我所在的项目组负责人是一位非常优秀的商学院学长，即便每天满课，也依然能早上 6:30 起床背 200 个托福单词，还能有条不紊地抽出精力运行项目。在他的带领下，我们那一年拿下了一个个大奖。他看起来白净清瘦，穿着朴素整洁，可他身上展现出的强大领导力和执行力却让每个人信服且仰望。

那时，我问自己是否想成为像他这样在任何地方都举重若轻的人。

我的回答是：是的。

大学两年，我去上海参加了"创行世界杯中国赛"，担任中南大学创行团队的项目全英陈述人，拿下了中国赛区三等奖；寒暑假里，我千里迢迢奔赴北京学习 ACCA 的课程，目前已经通过了四门科目；临近考试，我也愿意参加学校的元旦晚会，和港澳台朋友们编创舞蹈剧。我知道自己离优秀还有很远的距离，但是我无比清醒，至少每一天我都比昨天的自己更好了一点。

在和内地的同学们一起学习生活的过程中，我慢慢发现，即便是高考中的佼佼者，在大学里无所事事者也比比皆是。有的男生把时间花在打游戏上，有的女生则把时间花在淘宝购物上。他们借游戏麻痹自我，借娱乐虚度时光。时间就这样随着手机电量逐渐流走，他们从来不会向自己提问：看似刀光剑影的游戏能否增加自己的见闻？穿在身上精致性感的裙子能否提高自我的修养？有人将内地的高考比作千军万马过独木桥，他们也曾焚膏继晷、勤学苦练，也曾勇往直前、披荆斩棘，可如今，却辜负了自己原本那颗勤勉跳动的心，我不愿如此。

世间的每一个人和我

在内地的求学生活中，我期待能够遇见来自不同地方却彼此相似的人们，她们带着醉心的故事，我揣着一瓶陈年的好酒。生命不在于一个人活了多久，而在于一个人能记住多少日子。这两年里，我陆陆续续地认识了许多有趣的人，让我记住了许多日子。有一个河南姑娘喜欢每晚在宿舍唱二十世纪八十年代的歌曲；有一个四川妹子工作尤其拼命，每每码字到午夜；有一个广西小姐姐熬不过湖南的冬天愣是把秋裤当成了抹胸裤穿；有一个新疆的姑娘每个月会看七八本维文的课外书，看到有趣处总是笑得前仰后合。这些朋友在我挂科时会不断鼓励我，耐心指导我解题思路；在得知我摔伤时会不顾衣着地急忙送我去医院。她们在我大学里每个平淡无奇的日子中与我互相扶持、陪伴，她们让我看见了不一样的人生故事，让我萌生出了"世界这么大，我想去你的故乡看看"的想法。她们是我的铠甲，也逐渐变成了我的软肋。

朋友，嘿，说的正是在读这篇呓语的你，这便是我的内地求学故事，我并无心建议你拥有和我一样的大学生活，只希望你也能在每一个静默的日子里，辨认自己的声音，提出自己的疑问——对人性困境的敏感、对爱和真实的渴望、对沉默的敬意。

求学，在他乡

商学院会计 1502 班　陈颖欣

2015 年，夏。

我怀着复杂的心情来到了长沙，炎热的天气烘得我的头昏昏沉沉的。我一时竟没有回过神来，几个小时前的我还躺在家里的床上，然而就在高铁上睡了三个小时以后，一脸茫然的我就站在了长沙南站的出口，身边人来人往，都是些陌生的面孔，而对于长沙来说，我也是一副新的面孔。周围陌生的环境仿佛一直在提醒我已经来到了他乡。

开始想家。

三个月的暑假转瞬即逝。开学之前我还一直安慰自己，时间还很长，不用这么着急去想开学之后的事，也试图麻痹自己忘记即将离开生活了这么多年的家乡的事实。然而，不管愿不愿意，每一个人都会迎来生活的改变，或许它是一颗糖，或许它是一记重拳。

开始改变。

来到这里之后我发现，当一个人真正地在一个新的环境开始了新的生活之后，并不会每天每天地打电话给父母抱怨环境有多么多么差，天气有多么多么恶劣。而是当你在这里，放下了行李，背上了书包之后，就要学会去适应，去习惯这里的一切，去改变自己。

其实，离开家、离开父母的生活并没有想象中的那么难过，也没有那么复杂。虽说每天过得不精彩，但也算单纯，到了上课的时间便背着书包去教室，到了下课的时间便收拾东西走人；也没有那么复杂的人际关系，同学们很友善，班干部也很负责任。有一次，我因为身体不适没去上课，班干部们便主动来关心我，问我是不是有什么困难。渐渐地，我也开始熟悉了这种生活方式，熟悉了这里的街道，熟悉了这里的人文。诚然，这里有很多东西是和家乡不一样的，或者说是截然相反的，但是我渐渐学会了接受，而不是整天抱怨。

有些东西或许是我在香港一辈子也看不到的，那是一方窄窄的天空，以前认为世界也就这么大，但是当真正走出那一方小小的天地之后，我发现，外面的世界很大，充满了精彩与惊喜，原来五湖四海的人们有着各自不同的方言和习俗。在中南大学，我看到了很多，也学到了很多。

在香港比较繁华的市区，每天清晨都可以看到形形色色的匆忙赶去工作的人们，他们的步履很快，似乎没有什么可以让他们慢下来。但这就是香港的节奏，一种像是被人按下了快进的生活节奏。在中南大学，每到七点四五十的时候就可以看到许多学生和自行车从宿舍门前出发前往新校区，让新一天的早晨也充满了活力。大家的脚步或许很快，但并不沉重。

在班级，大家学习的氛围很浓郁但却不紧张，都是自发地学习。同学们不再像高中那样是为了分数而学，而是更多地为了自己的未来而学。很多人都在努力地充实自己，所以可以看到的是每天学校的图书馆都人满为患。

一天天，一周周，一月月，时光如白驹过隙，转眼我来到中南大学也快两年了。现在的我，已经没有了初来时的忧虑和不安，也没有了对未来未知的恐惧和犹豫。不得不说，在异乡求学的日子里，我开始学会了照顾自己，也开始能够体会那些文人骚客每逢佳节倍思亲的惆怅与孤独。

可以说，在异乡的时光最让人坚强，它让一个人变得勇敢。在中南大学求学的这段时间里，我开始适应这里，这里的一切在我心中留下了烙印，也许以后回到故乡，我也会时常回忆起这里。中南大学，长沙，这里曾经留下过我的痕迹，不，应该说是我身上留下了中南大学的痕迹，我曾经在这里求学四年。不管当年我是以何种心情来到了这里，这里都未曾让我失望过。

一句老话，读万卷书，行万里路。虽然这里离家乡很远，但是并不意味着我忘记了家乡，而是家乡一直在我心中，在我身旁，伴随着我，助我在求学的路上越行越远。

始是异乡终故乡

——庆祝香港回归 20 周年·我的内地求学故事

湘雅医学院临床医学五年制 1301 班　李彦霖

　　2017 年，香港迎来了回归 20 周年纪念日。1997 年 7 月 1 日，香港特别行政区成立。那一天长达一百五十多年的英国的殖民统治结束了，大不列颠及北爱尔兰联合王国政府终于于 1997 年 7 月 1 日将香港交还给中华人民共和国，从此香港以实行"一国两制"这种史无前例的统治方式回归中国。这对海内外所有中国人来说都是值得铭记的一天，洗刷百年的屈辱，中国再不是当年的"东亚病夫"！

　　记得在我小的时候，香港大街上金发碧眼的外国人很多，在商场店家里消费也不可以用人民币只能用港币，街上大多数人对普通话处于勉强能听懂但不会说的阶段，从深圳到香港虽然只有一座桥的距离，但每次过海关都需要排好长的队。随着这二十年来中国经济的飞速发展以及两地人们来往日益密切，香港日新月异的变化也是大家有目共睹的。如今内地去香港旅游购物的人越来越多，旺角等地几乎天天塞满了购物旅行团，街上不再只有一种语言，而是充斥着五湖四海的口音；人民币在香港的使用越来越普遍，去香港不一定需要兑换港币也可以畅行；越来越多的人选择毗邻香港的深圳定居，每天来往于香港内地求学工作，原本烦琐的海关程序如今可以直接用证件刷卡快速通行。不论是移民、旅游、留学还是在香港的大陆公民数量都在逐年增加，甚至在影视、文字、饮食等这些不起眼的小地方大陆对香港也在不动声色地潜移默化地影响着，这些都离不开政府的努力。

为了方便更多的港澳台及华侨学生来内地求学，国家还实行了面对港澳台及华侨学生的普通高校联合招生考试及普通高校面试招生等一系列政策。2013年9月，怀抱着对未来的无限期待和热情，我有幸以一名港籍学生的身份踏入了中南大学的校门。

进入大学后遇到的第一道难题大概就是饮食了，不太能吃辣的我来到无辣不欢的湖南真是一个巨大的挑战。之前还听别人开玩笑说"长沙的矿泉水都分辣和不辣两种""鸳鸯锅里红汤放红椒，清汤放青椒"，当然这说得夸张了些但也贴切地体现了湖南人的饮食特点，我开始习惯每次点菜后都加上一句不要辣。尽管如此谨慎，难免还是有些小差错，都说湖南厨师不放辣椒不会做菜，我觉得还真不是空穴来风。有一次我在餐馆点了一份肉丝面，反复强调"不要辣不要辣"之后，上来的肉丝面还是飘着一层红油。跟老板反应后，大叔一脸委屈，"我没放辣呀，那是豆瓣酱里的辣椒"。哈哈哈，豆瓣酱里的辣椒不算辣椒，多么可爱的大叔啊。

除了生活以外，求学的根本还是学习。或许是由于内地高考竞争压力更大的原因，在我看来身边的内地同学都很会念书而且又努力，课堂上的知识总能迅速吸收，对老师说的内容总能提出各种我想不到的问题。挣扎在及格线边缘的我为了跟上大家的脚步，每天课后都需要把书本再通读一遍。尽管在学业方面我面临挑战，但身边的同学都十分友好地帮助我，遇到不懂的问题或是需要摘抄笔记大家都倾力相助。因为没有参加军训而错过与班上同学们同甘共苦的初相见，我原本还担心会不会难以融入大家的事情完全没有发生。就连普通话说不好得到的也是善意的玩笑，"呲吃"不分的我遇上"湖弗"不分的湖南人，故意拿绕口令来念反而成了朋友们之间的乐趣。四年来我们一起看过岳麓山的日出，一起走过湘雅的红楼、南校的荷塘。在这里，我收获了最珍贵的友谊。

很多人都问过我"为什么不在香港读大学而是选择来这里念书"，这个问题在高三填报志愿时就已经过反复思考也获得了家人的认同，如今我依然认为这是一个无比正确的决定。其一，相比在香港仅有的几所优秀高校中激烈的竞争，把目标定在内地的高校无疑有了更多的选择；其二，尽管香港有着世界排名靠前的高校但也并非所有专业都优于内地。定好目标再前行，结合自身的情况不要停，这才是最适合自己的道路。

正如近代著名教育家蔡元培先生曾说过的"思想自由，兼容并包"，大学的自由是体现在对学习内容和时间安排上的，不会再有人一步一步推着你前进，可以在专业必修课程以外对自己感兴趣的内容进行选择学习尽情吸收。犹记得大二那年，我抱着好不容易想出来的研究课题找到一名带教老师，希望她可以担任我们指导老师时的情形。虽然紧张得满脸通红，忐忑的心情却无法盖过内心的激动，尽管想出来的题目最终都被老师评价为太过稚嫩而没有得以开展，但那位老师依然同意担任我们的指导老师并给予了我一个在实验室研究学习的机会，这使本来就不太轻松的校园生活接下来也因此而变得更加忙碌。自从申请课题后，以往教室、图书馆和寝室的三点一线又加入了实验室一项。从最开始的什么都不会跟着师兄师姐一点点学习操作到自己开始培养细胞，我见过凌晨 1 点的校园，也曾带着标本奔波于各校区之间。隔三岔五要给细胞换液或是 ELISA 这种听起来"高大上"实际上烦琐辛苦又无聊的工作充实了我的生活。这使我收获的不仅仅是得到结果时的成就感和学习实验操作方法，还培养了我对科研的兴趣以及未来发展方向的确定，我从没有一刻如此清晰地明白自己内心到底想成为一个怎样的人，这也是我第一次如此切身意识到大学"自由"的真意所在。

无论是大学里的真挚友谊还是学业上的收获，四年来的点点滴滴于我都是不可替代的珍宝。原本陌生的城市成了除香港外我最熟悉的地方，慢慢开始学会吃辣，大街小巷地穿梭，吃着最地道的长沙小吃，接待来长沙玩的远方朋友，带他们领略凤凰古城的苗家风景，口音里不知不觉染上了有本地特色的上扬音，我开始像个"本地人"一样在这里生活。

曾经是异乡，终成了故乡。

20 年的愿望

机电工程学院机械 1512 班　刘宇轩

今年是香港回归 20 周年，今年我 20 岁。我自打生下来，就戴着一顶叫"香港人"的帽子。这顶帽子，有的人羡慕，有的人不屑，也有的人会讨厌。

我在香港生活过，也在内地生活过，受过香港教育，也受过内地的教育。20 年来的生活经验让我觉得，现在在大家心中，我们是我们，你们是你们。总会有些无形的东西去阻隔着我们，就因为在大家心中我们其实就是戴着帽子的人。但是在我看来，"香港人""内地人"其实不需要区分开来，至少我自己觉得我没什么特别的地方，和大家一样，都是中国人。

我对内地的感受其实很深刻，我在内地的时间比在香港的时间要长一些。虽然内地有些地方确实在经济、环境、人文素质等方面要略逊色一些，但不得不承认的是内地近 20 年的迅速发展与进步的确是惊人的。甚至有些东西，在香港是不会有的。很多人都觉得香港是一个遍地黄金的城市，是一个十分发达十分美好的地方，你只是没在那里生活过，没有真正感受过香港的生活。其实在哪都有好有坏，因为哪里的人都要生活。你看到两地的工资差异，你却看不到香港的工作压力；你看到两地的环境差异，你却看不到香港稀缺的土地；你看到两地的素质差异，你却看不到香港无理的游行。哪里都会有自己的困难，但是困难并不可怕，最重要的是，两地可以共同进步、共同改变。

我戴着这顶帽子生活了20年，在香港，所有人都戴着这顶帽子，而在内地，只有少数人戴着这顶帽子。论其中的体验，我还是很透彻的。生活体验，最重要的还是衣、食、住、行四个方面。而内地近些年发展得最快的就是网络，确实网络带动了绝大部分的经济发展。

"衣"：香港著名的就是购物，衣服自然不在话下，进香港的都经过品质保证，而且没有关税。在这方面，内地更发达的也许就是网上购物了，一台手机，两天时间，想买什么就买什么。大家也是各有各的好处，各有各的缺点。

"食"：香港吃的种类多，可是随便吃一顿就得花个半百，在内地确实能为自己的钱包省下不少，而且网络外卖十分发达，坐在家里就能解决肚子，在香港怕是没有这好事咯。

"住"：在这一方面，香港可是领先内地一大截，不过是房价领先内地一大截，内地房价都是按平方米计算的，香港却都是按尺算的，同样多的钱还是在内地买的房子大啊。

"行"：说交通，香港地铁，滴滴打车，也是各有各的本事。说支付，八达通，支付宝，也是各有千秋。说旅游嘛，两边也当然是不分高低了。这也体现出内地与香港的繁荣稳定达到共同发展的地步了，我对此也是觉得非常欣慰的。

确实从生活体验方面，两地都好像有了同样的语言，发展的迅速与稳定也是有目共睹的，这是一件令全中国人民都高兴的事。不过简单说完了对于两边的生活体验，其实我更喜欢的是内地的生活方式，如果有机会能在内地发展得好我真的很希望能在内地发展。我也希望越来越多香港人能在内地发展，能融入这个社会，这才是真真正正的内地与香港的共同发展，让我们把这顶帽子摘掉，真真正正地成为一家人。

小时候，因为这顶帽子，我没有医保；上学时，因为这顶帽子，我要交全额学费；有时，因为这顶帽子，我甚至还会被别人戴有色眼镜看。我那时会讨厌，为什么我要戴着这顶帽子，戴着这顶帽子是为了什么。直到我因为这顶帽子进入了中南大学。进入了大学以后，我真的感觉到学校是非常关心照顾我们的，也是渴望与香港交流与发展的。我们入校的门槛低，所以一般人都成绩不好基础差，因此学校对我们有所照顾，不但保障我们的住宿环境，而且还经常组织我们旅游、聚会。当初真的有点受宠若惊的感觉，慢慢地就会发现，学校真的是在用心做这方面的工作，不只学校，整个长沙都在用心做这方面的工作。从这些小事就能看出来，学校，乃至国家都在做这方面的工作，这也为香港回归以后的繁荣稳定奠定了基础。

现在，越来越多的学校接收港澳台生，越来越多的学生也愿意来到内地学习生活，越来越多的香港公司开始接受内地文凭，这也是我希望看到的。我希望在哪一天，在内地人的心中香港就是中国的一个普通城市，而不是特别行政区，而在香港人眼里，自己就是中国人，没必要突出香港人的身份。当然我知道，因为"一国两制"，因为文化差异，这些也许需要很长的时间才能实现，不过可以看到的是，两地都在为实现这一目标努力。

当然了，有发展自然就会有冲突。其实祖国和香港就好比母子，儿子会有青叛逆春期，而母亲也会有更年期。内地和香港会有矛盾冲突，可是却不会阻挡共同发展的脚步。"港独"只是极少数人的行为，人们总是被一些不好的事情遮住了眼睛，人们总是喜欢以偏概全。不过有一个在两地都生活过的人告诉大家，不是这样的，也不应该是这样的。

20年了，繁华与发展值得肯定，问题与困难也需要解决。我用我的生活体验与求学经历说出了这20年来回归之后的繁荣稳定与潜在问题。我们肯定现在，但不能满足于现在。我说出的不是我的心声，而是全体香港同胞的心声。

我们有个 20 年的愿望，就是希望可以脱下戴了 20 年的帽子。

青春中国，繁盛紫荆

——台生在中南的故事

商学院应用经济学研究生 1601 班　赖彦慈

今年是不平凡的一年。回首二十年前，那年 7 月 1 日正是香港回归祖国的日子。"一国两制"促使大中华统一，使香港与大陆共同成长与繁荣。我随着父母从台湾来到了大陆，一来就在这里生活了 17 年。我感到非常幸运，能体验两岸之间不同的文化，领略祖国的山山水水，感受祖国经济的飞速发展和民族精神的逐渐强大。一切都是从我踏入这片土地开始的，我的人生也正因为如此才有了这样的改变。

5 年前，我在广州参加了港澳台联考，考上了中南大学。在过去 4 年里，我的大学生活多姿多彩：曾与班上的人一起学习，一起竞争；参与团队去农村探讨以"大学生村官"为主题的社会实践；在中国银行实习；处理港澳台学生事务；参加过数十次的校内歌唱比赛并获奖；参加登山比赛、校园路跑、爬山比赛、越野跑活动等。对我来说，从大四那一年开始，我的生活产生了巨大的改变。大四的开学，我与室友一起接待港澳台新生并处理与他们相关的事务。

在这三天里，我们从混乱的管理中学到了如何有秩序地安排好流水线程序。在应对学生与家长的咨询时，给予他们最佳的帮助与资源。为此，我们写了一份港澳台新生指南为新生提供明确性的指导。这些新生工作培养了我们的交际能力、组织能力和责任感。

11月，我决定考研，于是在12月报了港澳台研究生考试。在短短的三个月内我按照内地研究生考试的考试重点与题型进行了集中性复习。当我赴广州参加港澳台研究生联考时，让我意外的是考试重点与题型与往年的不太一样。由于在大陆想要考研的港澳台学生少之又少，所以针对港澳台生的考研资源非常稀缺。但正因为有了这样的挑战，才促使我更加努力。我通过了研究生初试，并在次年5月中旬参加了复试，最终通过了研究生复试，同时还在准备毕业论文的撰写。

在考研和撰写毕业论文期间，我曾组织本校留学生一起参加校外的路跑及越野跑比赛。很多人抱着一个疑问，我是如何同时做到考研、撰写毕业论文和组织户外路跑的。其实一开始，这些学习任务和各种户外比赛压得我喘不过气来，后来我找到了课内学习与课外活动的平衡点，在每一个时间段安排好当前的学习任务，并在空余的时间进行户外运动，让大脑更清晰，思维更有逻辑。万事开头难，但是做事一定要按轻重缓急来进行，才可以安排好。是的，学习固然重要，但是若少了外面绿色的风景，是不会有我现在的成功的。我不是最好的学生，不是最快的跑者，这些最好不是我要追求的，做到更好才是我的追求。

我以前从来不跑步，但是在2015年12月参加我人生中第一次路跑后，我对跑步的热爱就再也无法停止了。从最开始的3千米到5千米，从5千米到10千米，再从10千米到21千米。我曾经在一个月内，爬了14座山，总越野路程达84.8千米。数字上的增加看似简单，但是其中的努力和艰辛只有体会过的人才知道。是的，我曾想过要放弃，但是一次放弃，就会使前期的努力全部化为空白。我在跑步中学到一个道理，遇到瓶颈，只要努力去克服并且跨越它，后面的路就会顺利多了。这个与我们在生活中碰到的问题是非常类似的，运动影响了我对生活的态度，使我能更坚定并且专注地去做好每一件事情。

　　我于去年6月毕业，非常荣幸地成为2016届优秀港澳台毕业生。因此，我邀请妈妈从台湾来到长沙亲眼见证我人生中最光荣的一刻。毕业典礼那天，在一万多名毕业生面前，我登上主席台，接过领导为我颁上的优秀港澳台毕业学生奖项。我看到妈妈眼中满满的骄傲。我所奋斗的一切，不仅仅是为了得到妈妈的认可，更是对自己的人生负责。我非常感谢我的妈妈给我从小到大的照顾与教育，感谢学校培养我成为更多元化的学生，感谢国际交流处老师们和我的导师在我大学期间给我的指导与帮助，感谢朋友们对我一直以来的支持。

　　这四年，将是我难以忘怀的时光和最珍贵的财富。这些都已经深深烙在我的心中。我想告诉港澳台的学生们，我们同是炎黄子孙，中南大学是一个很好的平台，可以让港澳台学生学习与交流。今年是香港回归的20周年，也是祖国的78岁生日。祖国的强大与智慧，造就了香港的社会稳定、经济持续增长、国际地位不断提高。我相信，香港在祖国的怀抱中，会更加美好！

紫荆香溢

外国语学院西语 1601 班　武均薇

1997 年 7 月 1 日，是中国人民不会忘却的日子。激动人心的回归时刻以及那庄重的中华人民共和国香港特别行政区成立暨特区政府宣誓就职仪式一晃便是二十年。香港，这些年间作为祖国的一部分，繁荣发展着，"一国两制"的设想更是得到了人们的充分肯定。

香港回归，于国家于民族情怀都是大事，对百姓生活的影响也不容小觑，回归的实现与稳定发展在一定程度上改变了一代人的发展轨迹。

如今越来越多的港澳台子弟赴内地读书，不同教育阶段的学校都能寻找到港澳台子弟的身影，这些身影也不再局限在沿海地带，而是逐渐走入祖国的大江南北。作为这个群体中的一员，不得不由衷感谢祖国大陆给予我们的照顾，使我们能够拥有良好的求学环境，并有了更好地步入大学校园的机会。

虽然能够通过竞争相对高考没那么激烈的联考进入大学校园，但我也深知并没有不需要努力便能获得自己所想要的结果的捷径。联考并没有想象中的容易，加上高三一年我选择离开家人与熟悉的师友前往广州备战联考，刚开始的那段时间独自在他市的孤独感与月考等考试的挫败感时有袭来。放假时电话那头传来的熟悉的声音便成了最好的慰藉，平时同学间的互相鼓励更是一剂定心丸，有了"身在同样处境的他们都能笑着面对，我自然也能"的想法后一切都不再那么煎熬了。高三这一年除了日复一日地做题与复习，想必最重要的就是调整心态了。不管做什么一旦确定了方向就要坚定信念，相信自己比什么都重要。

我们都愿自己能够成为足以扛起重担的人，但是走在拾起责任的路上偶尔小憩也是一种不错的选择。依然记得在高三紧张节奏中忙里偷闲集体去秋游的我们，那天收获的欢声笑语可以说是近来最有意义的，"收拾心情再出发"想必就是这个道理吧。很多时候联考后的最长暑假也成了我们拼搏的动力，不会再有这么一个暑假无忧无虑等待着开学，有足够长的时间去尝试自己所想，背后还有笑着给予支持的家长。一起苦读了一年的同学很难不产生感情，大家意识到毕业这一别各奔东西以后相见的机会很少了，于是便有了一趟外宿的旅游。湛蓝的海，细腻的沙，在小巷中穿梭的身影，揉着眼睛却硬是爬起来去看日出的执着的脸庞，种种画面组成了珍贵的记忆，仿佛陈年酒酿入口后引人不禁细细品尝、回味。

这一路会发生很多事，也会遇见很多人，"相交多年的密友就像沙漠中的古瓷，摔碎一件就少一件"。很多时候，不禁感叹自己的幸运，也感谢着上天的垂爱，让我能够与这些珍贵的好友相遇。曾经想过离开那座熟悉的城大概也会失去那些熟悉的人，然而事实并不是这般。记得有人说过距离是无形的杀手，其实不然，正是由于距离双方成了彼此最好的倾听者。因为距离，双方想要见面，想要听到声音的念头更为强烈，一条语音信息或是一段视频通话便足以将心与心之间的距离拉得很近很近。现在的我们谈起距离早已抛去伤感，能够开着玩笑说"我要到你的城市旅游，做我的导游吧"，这大概就是好友们身处不同城市的好处吧，接待前来"投奔"自己的好友已成了平淡日常生活中的一大乐趣。

如果你正踌躇着是否要来内地求学，那么请放心大胆地来吧。地域差异或许会有一些，但正是这些不同的色彩描绘出了生动而有趣的生活，不是吗？与同窗同僚的相处我想也不足以构成问题，不必抱有"会不会被歧视"的想法，友善的人总是占着大多数。而且不管来自哪里，只要拥有一颗真诚的心，他人也定会真心相待。在内地求学的这些年，我就收获了无与伦比的友谊，这份友谊也一直延续着。至于学业内容就更不需要过于担心了，只要肯付出努力没有什么过不去的坎，而且老师与同窗们不会吝啬提供帮助。不管怎么说，我最终也是考取了理想的大学，相信你们也定能获得自己想要的。中国地大物博，在内地求学能够获得很多机会，接触到各式各样的人，更可以接触到相对广阔的资源，可以说是个相当不错的选择。

在此衷心祝贺香港回归二十周年，相信不论是港澳台还是祖国大陆都会一直走在开满鲜花的道路上。

巨龙的苏醒

——纪念香港回归二十周年

外国语学院法语1301班　林溢君

坐落在中国东南沿海的超级城市——香港，无疑是中国卧下的一颗璀璨明珠。得益于得天独厚的优良港湾维多利亚港，在祖国母亲的正确指引下，香港因其对外贸易的迅猛发展和"港人治港"的精神，在世界地图的一隅散发出璀璨耀眼的光芒，其发展日新月异，世界金融中心和购物天堂已成了香港特有的美名。

作为一名澳门学生，我深深地体会到回归后两个特别行政区的日益繁华，受益于祖国对港澳台学生的人文关怀政策，使我在祖国大陆学习期间开阔了番视野，教师们的治学严谨，同学们的勤奋好学，图书馆的浓厚学习氛围，课外活动的丰富多彩和实践机会的多元，将每位学生塑造成有用之才。

同时，我作为中南大学法语专业的学生，有幸在大学二年级期末与同学一起奔赴陕西西安秦始皇帝陵博物馆进行为期两周的口语实习。早有耳闻秦兵马俑坑于1974年被发现，享有"世界第八大奇迹"

"二十世纪考古史上的伟大发现之一"的美名，对该地产生的浓厚兴趣让我迫不及待地想要揭开她神秘的面纱。

该实习阶段终究是成了我今后难以忘怀的美好经历。犹记得那天，老师和同学们一起坐上火车，大家脸上都洋溢着兴奋的神情，有的人打开自己的话匣子，有的人则静静地眺望窗外的美景，每一个人都相信这场旅程将会带来的更多惊喜。

到达旅馆后，领上工作证，我和室友便开始复习博物馆讲解稿，我们相互扮演讲解员和游客的角色力图将讲解内容变得更生动有趣。这份讲解稿的内容主要关于四个景点，分别介绍一号坑、二号坑、三号坑和铜车马陈列厅，内附中、英、法三语的版本，内容丰富，其中包括了许多生动的讲解内容，让我按捺不住那颗想要参观博物馆的心。

同学们分为两批进行轮班制实习。第一天的实习任务是在一个大门站岗检票，在这人流量如此多的时刻，我们必须提高效率才能完成工作，这让我体会到了团体合作的力量，而我们的领班人——几位幽默风趣的站岗叔叔则热心地教导我们应对不同状况的策略，以及如何分辨真假学生证、户口本和军人证等，防止少数旅客逃票等。这些工作让我感觉到检票员肩上沉甸甸的责任感，与此同时，新奇感又在心中悄悄地滋生。第二天的实习任务是完成十份中文调查问卷和五份英文问卷，在此期间，原本不善交际的我学会了主动和来自世界各地的游客进行面对面的交流，虽然为了调查问卷而奔走不停，但在和同学们分享各自经历的时候，欢快的笑声回荡在彼此耳际。

之后几天的实习任务是分别为旅客介绍一号坑、二号坑、三号坑和铜车马陈列厅，每天介绍一处景点。让我印象最深刻的莫过于兵马俑一号坑，该遗址于 1976 年开始建设，其占地面积为 1.6 万平方米的保护大厅，呈东西向的长方形俑坑，东西长 230 米，南北宽 62 米，总面积为 14260 平方米，是三个俑坑里面积最大的。站在坑的前方，欣赏着两千多年前的军阵排列，有种俯瞰天下，策马奔腾，一统天下的雄心壮志的情绪在内心不断膨胀，民族自豪感油然而生，同时对老祖宗的智慧暗暗赞叹不已。看着这地下坑道式的土木结构，谁能料想到如今出现在众人面前的陶俑、陶马，原来是埋在 5 米深的泥土之下的呢？细细观察每一具制作精美的陶俑，他们平均身高 1.8 米，神色各异，威武善战，陶马 6 颗牙齿的外漏显示它们正处在壮年时期，独具匠心的艺术雕刻是多少工匠血汗和智慧的结晶，若不是岁月将它们身上的色彩悄然带走，这些原本该是彩陶的兵马俑该是如何栩栩如生、摄人心魂啊！

趁着实习期间的闲暇，我约上三两好友亲赴陕西省博物馆和西安城墙。走进博物馆，从陕西人类起源到两晋文明，共有三个展厅，橱窗里的艺术珍品让人目不暇接，我仿佛穿越了时空，端详着蓝田人头骨和每个阶段的原始人生活用品状况，看到了人类原始文明逐渐形成的缓慢过程，不禁暗暗赞叹。

尤其是在西周和原始社会发展的鼎盛时期，许多青铜器皿惟妙惟肖，雕刻手艺精湛，让我们不禁赞叹古代先人的智慧。走进唐朝佛像展厅，我受到了来自各方威严庄重佛像的注目礼，有的双眼怒睁，有的低垂着眼睑，有的则闭眼微笑。在众多佛像的审视下，我深深地感受到了宗教的力量，内心仿佛感受到了璀璨佛光的照耀。在如此精细的艺术作品面前我久久回不过神来。

值得一提的是，一楼为玄奘的游记及其贡献专门设立了一个展览厅，其雕塑手执金杖，目光极其坚定地望向远方。这位流芳百世的伟人不仅是一位出色的佛学家，而且是优秀的翻译家和旅行家，我对其深深的崇拜之情早已溢于言表。即使疲倦像一席覆肌之袍，但好奇之心像一节巨大的电池激活着我全身上下的每一个细胞，支撑着我继续向前领略祖国河山的另一面美好。

久闻西安城墙是中国现存规模最大、保存最完整的古代城垣，当我站在城墙脚下，看着厚厚墙体外的车水马龙和在青翠葱茏的公园散步的老人和小孩时，却见证了现代社会生活和历史遗迹的完美融合。遥想这威武的城墙自隋朝兴建至今，经过不同年代的修整，它始终如坚硬的胸膛抵抗着外敌的入侵，始终屹立在中华大地的一隅，向炎黄子孙展示着它不灭的雄风，这正是中华民族从古至今的民族精神啊，永不言弃，坚持到底！

　　夜幕降临，此时我们已经登上城墙，五彩的灯饰将城墙古色古香的线条细细地勾勒出来，迷了我们的眸，醉了我们的心。吊挂在古亭外的大红灯笼透着柔和的光，来自各地的人们于今夜聚在了一起，慵懒地享受着微风的轻抚。此时的我们任其吹散思绪，独享着这份来之不易的惬意。我们骑着自行车从城墙的一头到另一头，嬉戏的声音在城墙上回荡不已，我们用好奇的目光肆意打量着这座城市在黑夜里娇羞的容颜，仿佛抛弃所有的烦恼，停下以往快节奏的步伐，静静地眺望着这座城的川流不息和五光十色，时间仿佛也静止了下来，周围的声音也随之沉淀在一隅，城的另一边却静若处子。这夜风光独好，成了我年华齿轮上独有的印记，每一次回想都烫得心窝发暖。

　　仔细想想，从古至今，中国带给世界的震撼太多太多了，先不说中国的四大发明，仅中华民族留给世界的艺术瑰宝就数不胜数，炎黄子孙不屈不挠和勇于开拓的精神名扬四海，香港和澳门的回归初显中国综合实力的苏醒。遥想几年前香港的场景，遍布高楼大厦，四通八达的交通和热闹非凡的街道，让人目不暇接的各地商品，可见祖国的各方面政策支持与回归后得到跨越式发展的香港的成就密不可分，祖国的"一国两制"让香港得到了充分的自治权，祖国大陆和香港之间的交流实现的互惠互利和欣欣向荣的和平景象使东方这条巨龙越飞越高，在国际舞台上呼声越来越嘹亮，中华民族的崛起必定是大势所趋，人心所向。

中南学子的香港情结

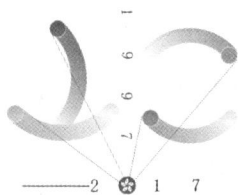

1961

2 1 7

吾归来兮

机电工程学院机械 1602 班　吴政谚

　　我记得那一天。

　　那一天，天色有点阴沉，一群鹰鼻蓝眼的异族人带着他们的洋枪火炮，踏进了我的身躯。一纸丧权辱国的《南京条约》飘然而至，带来一个令我痛苦万分而又铭心刻骨的消息：我，香港岛，已经从祖国母亲怀里被割裂出去，沦为英国的殖民地。沉沉的枷锁，从此架上了我的肩膀，我像是被关在笼子里的金丝雀，连呼吸都带着对自由的渴望。

　　我看着我的子民被外来的侵略者压迫着，剥削着，我的心在痛、在流血。我的子民，堂堂炎黄子孙，龙的传人，怎能甘心被外族人奴役？悲愤与屈辱伴随着岁月的流逝日渐加深，渴望回归的火苗日益壮大，熊熊燃烧。我的子民从未忘记他们生而为龙的骄傲。殖民者的残忍剥削和狂妄野心让我的子民燃起滔天的怒火。他们不屈，他们反抗，他们斗争。可奈何敌人船坚炮利，仅凭血肉之躯怎能抵抗？我的子民沉默了。难道真的要屈服吗？不。我那睿智的祖国母亲曾告诉过我,师夷长技以制夷。既然如此,我们便仿照他们的制度,学得他们的技术,让自己变得强大起来。我相信,我那繁盛数千年的祖国母亲一定会再度崛起,亲手洗刷掉列强带给她的屈辱,接我回家。

一年,一年,又一年。不记得多少个一年过去了。曾经那个朴实无华的我如今变得繁华强盛,大街小巷熟悉的吴言软语如今也夹杂着不少异域音调。我无时无刻不在期盼着回家,回到我亲切的祖国母亲的怀抱里,让她看看她被迫分开的孩子如今成长为什么模样。我听说,后来,也有我的同胞兄弟们被强行从祖国母亲怀里分离开来,祖国母亲不知承受了多大的失子之痛。我听说,后来,祖国母亲的子民推翻了腐败无能的清政府,建立起新的国度。我听说,后来,祖国母亲英勇无畏的子民经过多年抗争,终于打败了外来侵略者,捍卫了祖国母亲的尊严。我还听说,祖国又重新站起来了,她有了一个更加响亮的名字,叫中华人民共和国。我的祖国母亲呀,您终于再次强大起来了吗?您还记得早年就被分离出去的孩子我吗?您终于要来迎接我了吗?

我的子民中渐渐有人回到大陆,去寻找他们的"根"。可是,那些回来的人的脸上无一不透露着失望。他们告诉我,他们看到的是荒凉的稻田,杂草丛生,几栋高楼零落分布,他们要想回到故地,只能坐上破旧的大巴车,颠簸数小时,穿越破得不行的路才能到达。耐心静候吧,我的子民,这只是开始,我的祖国母亲才刚刚恢复过来。我相信,假以时日,我的祖国母亲一定会比以往更加繁荣昌盛,也一定会带我回家。无论踏过多少岁月,经历多少风霜,我始终坚信,这一天,终会到来。

等待的时光缓缓流逝。渐渐地,那些回来的子民目光里不再是失望,而是向往。在他们的描述中,万丈高楼恍惚一夜之间在让他们曾经失望过的贫瘠土地上拔地而起,宽阔的街道旁边是林立的商铺,交通工具也不再是以前落后破旧的大巴车,而是多种多样方便快捷。我自豪地笑了。我从未怀疑过,我的祖国母亲会快速发展起来。一种强烈的预感萦绕在我心头,吾归来的那一天,已经不远了。

我永远都忘不了这一天。

那是 1997 年 7 月 1 日 0 时，激动人心的神圣时刻即将到来，全世界的目光仿佛都聚集在这里。在慷慨激昂的国歌声中，中华人民共和国国旗和香港特别行政区区旗在万众瞩目下徐徐升起。五星红旗飘扬在维多利亚港的上空，也飘扬在每一个激动的游子心里。已经百年了啊，我的母亲，我终于，重新回到了您的怀抱。我看到我的子民纷纷流下幸福和激动的泪水，眼神里有一些不安，但更多的是希望。我和我的子民坚信，我伟大的祖国，一定会带着我们，走向更加美好的明天。吾，归来兮！

如今，吾归来也已快二十年。二十年间，我看着我强大的祖国母亲一步一步找回我那些流落在外的兄弟同胞，我看着我的祖国母亲在世界上崭露头角，我看到我的祖国母亲逐渐傲立于世界之巅。祖国母亲盛衰斑驳的脸颊，终于在千年后洗尽铅华。

我的祖国母亲，愿吾有朝一日，能得见您君临天下。

香港回归赋

能源科学与工程学院建环 1602 班　杨力群

香港者，天地之化育也。煌煌神州，千载春秋启华南；熠熠港岛，万章书简载秦汉。百越故景，博罗新观。传始皇之遗风，领盛世之波澜。

北接粤州，南傍琼湾。礁石沙洲相掩，漫江碧浪相环。炽暖风清，飞鸟翔空，仿若温煦之岭北；烟雨霏霏，游鱼吐沫，不逊绮秀之江南。古今大治之地，中外通商之湾。

时至道光，国运黯然。长河落日，王朝飘散。寥寥兮国祚式微，戚戚兮噤若寒蝉。闭关锁国何如，可悲山河难安；虎门销烟何妨，可叹罂粟为患。狼烟四起，英寇抵岸。清廷孱弱，怯懦惧惮。签条约丧权辱国，割港岛断送江山。战舰商船近海泛，从此生灵皆涂炭。

沧桑岁月逾百年，几经周折与战乱。时过境迁，峰回路转。自当改革新风起，盛世中华神采焕。"一国两制"计已定，不列颠上苦谈判。华夏风骨撼英伦，香港主权终归还。红旗飘扬九龙塘，紫荆花开大屿山。

转瞬春秋二十度，亚洲明珠犹璀璨。工集沙田，政定中环。商聚旺角，客游荃湾。影视文娱传铜锣，奥运圣火燃红磡。非典疫情何惧，金融风暴笑谈。基督信仰出教堂，天籁佛音入祠庵。思想文艺汇聚，宗教源流浸漫。集广贤共聚福地，共辉煌美作大观。

余本一小生，行驱千里，求学中南。初晓国际之形势，渐为香港而惊叹。回归廿载，黎民颜欢。"一国两制"，紫荆花绽。崭新前路可期，繁盛旧容可谙。试观明日之香港，是当虎踞龙盘；倘望来日之中华，如故缤纷绚烂。

紫荆盛开的地方

湘雅医学院临床医学五年制 1608 班　黎鑫琦

在那神奇的东方

有一个紫荆盛开的地方

叫做香港

历史的车轮悠悠荡荡

香江历经岁月的风霜

虎门上空的硝烟荡荡

褐发蓝眼的列强

坚船利炮毁了无数的殿堂

一纸纸的条约早已泛黄

却曾经戳痛我们民族的脊梁

百年的风雨沧桑

走过回归的漫长

岁月的教科书第 1997 页上

没有了剑影刀光

黄皮肤的脸上

激动的泪水缓缓地流淌

零点的钟声敲响

十二亿人同声欢唱

礼炮声中迎来她的归航

七月一日的早晨

升起的是东方人的太阳

那漂泊了一个半世纪的游子终于回乡

无数人的希冀与梦想

几代人的拼搏与奋斗

从那天起

我们手拉手挽成一道壮美的万里海疆

从那天起

我们拥有同一个人民大会堂

从那天起

我们更加挺直了我们的脊梁

从那天起

有一朵紫荆

在香江永远绽放

五星红旗迎风飘扬

我们的脚步铿锵

巨龙将要腾飞

巨轮将要远航

在那东方的海平线上

升起的新世纪的曙光

在这紫荆盛开的香江

尖沙咀星光月影碧波荡漾

海洋公园鱼戏莺喧春水飘香

文武庙腾辉焕彩武圣文昌

迪士尼梦幻奇异云霞飘荡

大屿山岛上，宝莲禅境

潮来时的鸥鹭鸣

维多利亚港，港九流光

闪烁着的瑶池景

香江紫荆花的绽放

飘逸的芬芳

把东方明珠装扮得璀璨辉煌

闪耀的金光

是中国社会主义的独特力量

山川绵延江河流长

华夏神州大国泱泱

几千年的文明之歌世代传唱

几千年的民族力量势不可当

信义之邦礼仪之邦

繁荣富强国泰安康

望向那遥远的东方

有一朵金色的紫荆花

永远盛放

啊，我的同胞

法学院卓法 1502 班　吉　玲

一座罗湖桥，

不足五十米，

我在这头，

你在那头，

你可知道，

我的愁，我的愁。

曾记否，

六月三十日的夜晚，

我在家人的期盼中，

呱呱坠地；

你在全世界的瞩目下，

红旗冉冉升起。

那一声明亮的啼哭，

是对你归来的祝福。

此刻，

我在闹，你在笑

啊，我的同胞。

自小在深圳长大，

似乎与你有着密不可分的联系，

却从未感受过你的气息。

你的存在，

在我心头间萦绕着；

你的样子，

在我脑海里描绘着。

盼望着，盼望着，

走进你，

啊，我的同胞。

夏天的温度，

挡不住我靠近你的脚步，

额头上满是豆大的汗珠，

手里的通行证已然黏糊，

藏不住的是幸福。

我在中英街头驻足，

一幕一幕，

跨越了一个多世纪的长度，

一见如故。

漫步于星光大道，

任海风拂过发梢，

放眼望去，

半边天，

鳞次栉比，

一条线。

回首百年，

沧桑岁月，

容颜易变，

你的锐气不减，

风华正茂的少年。

二十年来，

我们在同一片土地上，

同沐风雨，共享阳光；

我们在祖国的怀抱里，

同欢笑，共成长。

你是祖国的一颗璀璨明星，

在世界的舞台上，

闪耀光芒；

祖国是你远航归来的避风港，

在暴风雨的海上，

迎来曙光。

在这特殊的日子里，

手捧一束紫荆花，

献上我的赞歌，

祝福你，我的同胞

愿你，

生生不息，繁荣昌盛！

永远盛开的紫荆花

法学院法学 1603 班　丁曜

丁酉暮春，逢香江回归二十年之庆。回顾此中光景，感慨万千，逢紫荆繁盛之时，作此篇。

激荡神州，潮落潮涨。狮子山下，九龙湾旁，尖沙咀角，南海之滨，东方自有一璀璨明珠。云山重叠障其北，珠水浩荡襟其南。山岛竦峙，九龙对峙，瀚海在前，新界偎后。斯处石韫玉山辉，水怀珠川媚，百年烟波自此回。

是城也，历经国殇百年沧桑，暂别故土伶仃飘摇。却信归来旦夕乎，不惧风雪总潇潇。今朝尽驱豺虎，再造神州，成人民共和，一朝石破天惊。不见昨夜雨湿处，聊以新颜待今朝。星陨光犹在，花落香更浓，香江之民，遇亘古良机，利东南之美，得天之独厚，荟萃四海之英，奇迹屡创，鹏举青冥！

我们回顾过去，是为了走向未来。这 20 年历程，是"一国两制"的独特制度的探索，是香港人乃至全中国人精神面貌的探索，也是我们自身价值与美好理想的探索。

1842年，一纸《南京条约》，香港岛离开了。迷失的孩子天天数着归宁的吉日，只怕希望会变作一场空梦。

1997年7月1日，香港回到了母亲的怀抱，那离开太久的襁褓却仍记得孩子内心火热的灵魂。

历史的伤口露出血痕，持续百年割让的痛感需要祖国母亲用最真诚的心来抚平，她诚挚地迎接孩子的归来。流金岁月里，从世界各地涌来的惊异的目光中，我们看到祖国和香港的希望之火在熊熊燃烧。抹去吧！眼角的泪。历史不再有多事之秋的悲凉，祖国不再是任外强任意瓜分的穷乡，香港终于在百年的风雨飘摇之后有了安定的归所。这块面积仅1100平方千米的土地，经历过狂风暴雨，目睹过惊涛骇浪。而今，沐浴着暖阳春风，享受着和风细雨。曾走过凋零颓败，如今是美丽繁荣。因为，春天来到了！紫荆花盛开了，开得绚烂、夺目、芬芳。紫荆花开吐幽香，预示着勃勃生机在路上，预示着它们将以更加鲜艳的色彩来庆贺紫荆之地回归二十周年！

在这样一个特别的时间点上，如潮水的记忆总是起起落落。为了一个逝去的年代，思绪一下子退回去好多年。此刻在我的心里，响起香港刚刚回归时的一首歌：清清的东江水，日夜向南流，流过深圳，流进港九，流上深港楼外楼。东江的水啊东江的水，你是祖国引出的泉，你是同胞酿成的美酒，一醉几千秋。走在百年以后的中英街，看着百年以后的岁月，想当年破茧成蝶时窗外的北风凛冽，但祖国的呼唤永不停歇，陪伴着香港走过每一个阴晴圆缺。

10年前，时任国务院总理的温家宝说："香港回归十年走过了一条不平凡的道路，衷心希望香港更加繁荣，更加开放，更加包容，更加和谐。"

又经过了10年，10年前的树木将增添新的十道年轮。美丽的维多利亚港海滨、繁华的铜锣湾和荣耀的金紫荆广场印证了今日的繁华，见证着紫荆盛放在青春中国。虽然香港在地图上只是一个细小的毫不显眼的城市，但是它也是一个令人向往的城市。在香港，无数的个体在努力奋斗，集合迸发出巨大的能量，推动着香港进步繁荣，发展成为一个生机勃发、包容开放、进步文明的社会。

你听，花在诉说她的梦想，那正是长江黄河始终流淌着的统一的梦；你瞧，城外云卷云舒，风也吹不散如云朵般洁白纯粹的不屈倔强。浩浩百年，顷刻之间，两岸猿声啼不住，轻舟已过万重山。蒙受耻辱的历史将一去不复返，鲜红的五星红旗将永远高高飘扬。哦，香港，祝福你，愿你这颗东方的璀璨明珠永远闪烁光芒！

带着一段动人的历史，紫荆花曾经历漫长的枯萎，而后又徐徐绽放。今天，在年轻的充满活力的祖国母亲的怀抱中，一朵更加美丽的紫荆花在盛开，将让世界见证她更耀眼的光辉。

抚今而追昔，鉴往以开来。香江应无恙，当惊世界殊。我们大家，在狮子山下相遇，忆峥嵘岁月，惜繁盛今朝。我们开怀欢笑，同舟共济，求同存异，无畏无惧，一起追寻理想信念！我们是在 1997 年出生的孩子，陪着香港度过了喜怒哀乐的 20 年。下一个 20 年，将由我们自己去塑造，这不朽的香江名句将由我们大家共同挥毫抒写。我希望，我相信，香港可以更好，因为香港始终有你，有我！

道尽历史背后的沧海，露出待耕的桑田。有道是：大江东去意悠悠，千古兴衰付东流。南国紫荆逢盛世，渔都港城写春秋！

紫荆花语

机电工程学院机械 1506 班　宋碧芸

紫荆花败

那是屈辱的旧事，至今提起都还让人遍体生寒。我不知该去恨还是怨，是恨那残忍夺取我挚爱的强盗，还是怨自身的积弱与无能。

我还记得那一笔笔写下的所谓的"租借"下昭然若揭的豺狼之心，也记得被掳去时你的无助的眼睛；记得你最爱的紫荆花零落了满地；记得你说你一定要归来。我说我就算付出一切都要再拥你入怀，你不要忘记海的那岸，我一直等你归来。

我知道你遭遇了怎样的苦难。那个"黑色圣诞节"，你璀璨的灯火熄灭了，不夜城沦为血色的黑色地狱，你的子民在黑暗的房屋或防空洞里那一声声悲泣我都听见了。

紫荆花败，爱人离散，多少至亲分开。

紫荆重开

流转近百年，悲啼百万行。庭前紫荆树，今日再芬芳。

你回来了，我挚爱的香港，我东海之上的明珠。这百年来听着你在那岸那一句句的"我要回来"，听着无数破碎家庭的哀鸣，我辗转反侧，彻夜难眠。我怕，我怕你忘掉了海这岸的我；我更怕，更怕我的积弱让你再次遭难。只有发展，只有不断呼唤，我的挚爱，我必将拥你入怀。

从百废待兴，资本主义层层封锁，我终于走到了能够在国际上说出自己声音的一刻。我有了原子弹，有了杂交水稻，有了……我练硬了拳头，挺直了腰板，回来吧，我的挚爱，从此我不再让你遭难。

主权问题是不能谈判的，在任何情况下都不存在他人对你的继续"管制"。那一场旷世的谈判，那个带你归来的男人——邓小平明确表明，中国要解决的主要有三个问题：一是主权问题，双方要就香港归还中国达成协议；二是1997年中国恢复行使主权后对香港采取的政策，也就是如何管理香港；三是从现在起到1997年这15年的安排，也就是双方如何合作为中国恢复行使主权创造条件。这三者构成香港主权回归的完整意义。

你还记得那句不怀善意的威胁么——"要是谈判不成功怎么办呢？"我的挚爱，我怎么会让步，在做出要接你的决策时，已估计到了可能出现的各种情况。如果说接你的归来就会"带来灾难性的影响"，那么我就勇敢地面对这个灾难，做出决策。这百年来你受的苦够了，从此以后，我做你最大的依靠。

14个月、22轮正式会谈和多次非正式接触，我换回了那一份联合声明，我等到了你的归期。

1997年，这一年紫荆花又开了，可是我仍然觉得你鬓角上插的那一支最美。

紫荆繁盛

你回来20年了，记得你刚回来时，有太多太多的声音说你的归来不过是对自己的耽误，可你回来得那么义无反顾，我怎么会让你再受半分委屈。

"一国两制""高度自治"，我不会折断你的羽翼，你放心去飞翔。你再也不用受到欺压，结束了殖民地生活，你将拥有光明璀璨的前途。

2005年前你经历了两次经济波动，却也解决了经济方面过于依赖外界的积弊，消化了多年沉积的经济泡沫。2005年后你的经济全面走向平稳发展。在内地经济强劲增长的带动下，你的经济领跑世界。在这种巨大的发展过程中，你彻底成为世界第一、富可敌国的超级经济航母。现在的你成了世界金融的中心和我通向世界的窗口，成了名副其实的一个自由港。

你那恢宏的教育改革，那场充满"港人港治"式的自信的改革，涉及从学前教育到高等教育，从招生录取、课程教学、师资培训、中文教育到国家认同感教育，方方面面，自主独立。

渐渐的，你有了繁荣的文化，特别是在电视、电影方面，呈现出爆发式的增长，极大地满足了百姓的文化精神需要，也向世界展现了自我的美丽。渐渐的，你实现了共同富裕，彻底消灭了罪恶的资本主义剥削制度，成了一个人人平等、没有阶级的社会，贫富差距越来越小，人与人之间基本上实现了共同富裕，保障机制足以保证香港的物质和文化需要。

渐渐的，社会越来越和谐，大家和谐相处。你归来以后，香港居民的人身安全得到很好的保障。香港重新进入一个和平稳定时期。在经济高速发展的同时，稳定的社会秩序为香港腾飞提供了重要的政治保障。你成了一个身价亿万的绅士。

我愿用无尽的青春与你共看每一季紫荆盛放的样子，从此不离分。你放心盛放在我青春的枝头上。

紫荆花语团圆，语永恒繁盛。

庆紫荆花开 20 周年有感

湘雅公共卫生学院预防医学 1303 班　潘梦雪

捧一曲流觞月，流一脉思古情。香港回归，转眼之间，已二十载，但爷爷时常挂在嘴边的场景依旧萦绕在耳边，不曾远去。

"你们是不知道，隔壁的李老早上天没亮，就砰砰砰地敲各家各户的门报喜，不一会儿那欢呼声呀，要震塌了楼哟。"爷爷语气难掩激动，就差没上手比画了，"到厂子一看，哪还有人啊，都上街庆祝游行去了。哈哈，唱国歌的，振臂呼喊祖国万岁的，还有那个鞭炮声呀，响了一天都不停。"

在一旁沉迷于八点档的奶奶这时就会嫌弃道："每次都那几句，还没说够，孙女都听厌了。"

爷爷瞥了眼又沉浸于电视剧中的奶奶，凑到我耳边，小声道："别看你奶奶这样，那时候我看见她偷偷抹眼泪了呢。那天的晚餐大鱼大肉的，一辈子都没吃过这么丰富的，不信你问你爹。"

儿时的我无法读懂爷爷每次老生常谈这些往事时眼中闪烁的光芒，直到那日，刚日常串完门谈完天的爷爷，一进家门便一脸兴奋地拉着坐在电脑前的我道："雪啊，听说那个电脑可以和电视一样，可以看以前的视频，你搜搜，能不能找到香港回归那时候的呀。"带着丝丝好奇心，我站在一旁，有幸地亲眼观看了爷爷口中念念不忘的伟大时刻。零点钟声敲响，在激昂雄壮的国歌声中，鲜艳的五星红旗徐徐升起，迎风飘扬于香港上空，与热情盛放的白色洋紫荆交相辉映，周围环绕着雷鸣的掌声和激动的泪水——这一画面被永久地记录在了镜头中，也永远定格在了我的回忆里。一百年前，列强的战舰漂洋过海，异邦的铁骑将祖国河山践踏于脚下。再看今朝，沿着各路伟人铺下的路基，巨龙崛起，乘风破浪，中国已俨然成为世界屈指可数的大国之一，香港这颗明珠，也日益绽放出瑰丽的光芒，成为举足轻重的国际金融中心。现今我不时地回想爷爷的诉说和那一帧帧画面，大概是有些感同身受了。当在报道里看到地震灾害后的众志成城时，当从新闻里得知神舟号飞船相继成功飞天时，当在赛场上观看奥运健儿们奋勇拼搏时，当从外国友人口中听到对中国的赞美感叹时……只要你生在中国，身为炎黄子孙，那眼眶中涌上的热意和内心激荡的情感，我想既无关年代的鸿沟和阶层的差异，也无关民族和地域。

悠悠岁月，几经沧桑，那些因一纸条约而与亲朋好友寸步千里的港陆同胞们应该更能体会其中的苦楚，待到国之兴盛，一朝团圆，他们的喜悦之情同样也不言而喻。犹记高二暑假，我在敬老院参加志愿活动时，认识了一位香港籍的老人。从他诉说的故事中，我仿佛看到了百年前战火洗礼下祖国的千疮百孔，仿佛感受到了我国人民因内乱饥荒而背井离乡的无可奈何，但同时也体会到了香港回归之时老人发出的"生逢其时，吾辈甚幸"的感慨。当分别多年的兄弟怀抱着自己的孙子来探望老人时，老人眼中溢出的笑意令我久久不能忘怀，这定是世上最美的风景之一。

1997年7月1日零点，这一刻，两地人民抹去了佳节倍思亲的泪水；这一刻，中国洗雪了长达百年的丧权辱国的耻辱；这一刻，"一国两制"的伟大决策成为中国特色社会主义道路上浓墨重彩的一笔；这一刻，世界与华夏子民共同见证了中国在祖国统一大业道路上迈出了标志性的一步。

我们都应该永远铭记这一刻，视之为骄傲，更视之为鞭策。

　　弱国无公义，弱国无外交。从曾经的"天涯何处是神州"的哀叹到如今"国泰民安百业兴"的感叹，纵观祖国近几十年翻天覆地的变化，显然，香港得以回归，离不开革命先烈们的抛头颅、洒热血，离不开中国共产党对治国方针的不断探索和革新，离不开归国学子们的立身报国，离不开每位中华儿女的艰苦奋斗。国力渐进，民亦渐富，但面临当今世界格局下的诸多挑战和机遇，紫荆花开只能算是一个起点，是一次阶段性的胜利。二十年风云不平常，金融危机、政坛纷争、社会矛盾等种种险难因祖国大陆与香港的同舟共济才得以一次次化险为夷。国家的蒸蒸日上与香港的美好发展是相辅相成的，现今的我们依旧走在为实现强国富民、民族复兴的康庄大道上。国家需要栋梁之材去创造一个又一个的奇迹，去完成一个又一个的壮举。梁启超先生的一句话至今令我印象深刻："今日中国梦之责，不只在他人，而全在我少年。少年智则国智，少年富则国富；少年强则国强，少年独立则国独立；少年自由则国自由，少年进步则国进步；少年胜于欧洲则国胜于欧洲，少年雄于地球则国雄于地球。"铭记历史，以史为鉴，在此愿少年们知行合一，经世致用，繁盛紫荆，青春中国。

庆香港回归二十载，贺华夏大地谱新章

粉末冶金研究院高分子 1601 班　杭　扬

1997 年 7 月 1 日，尚未来到这个世界的我并不知道，这一天对于祖国来说是个怎样的日子。这一天是香港——这个流浪在外一百五十余载的孩子，以崭新的面貌在祖国的荫庇下重获新生的日子，也是伟大的祖国如虎添翼、腾飞发展的转折点。

"我好比凤阁前守夜的黄豹……母亲呀，我哭泣号啕，呼你不应！我要回来，母亲！"1841 年，英国殖民者用枪炮强行打开落后的清王朝的大门，抢掠烧杀，无恶不作，并逼迫腐朽的统治者签订了中国历史上第一个不平等条约《南京条约》，其中的一条就是把香港岛割让与英国。从此，香港脱离了祖国母亲的怀抱，生活在外来者统治的水深火热之中。一百年后的 12 月 25 日，这个被香港人称为"黑色圣诞日"的日子，日军侵占香港，驻港英军无力抵抗，香港又落入日寇的魔爪……那些年的香港，颠沛流离。

1978 年是充满曙光的一年，中国在经历了三大改造、人民公社化运动以及"文化大革命"的 20 年彷徨探索后，终于找到了新的方向。以邓小平为核心的党的新一代领导人，在前人的经验基础上，摸索出了改革开放的新路途。自此，中国经济飞速发展，国力增强，成为国际上举重若轻的新声音。而邓小平理论中的"一国两制"，更是解决了不同意识形态共存的理论问题，为香港的回归铺平了康庄大道，提供了良好的回归环境，结束了香港漂泊在外的羁旅生涯。那一天的香港，普天同庆。

至今还记得历史书上的那一幕幕：中国国旗和英国国旗同时升起的庄严隆重的交接仪式、入港的中国人民解放军受到香港同胞的热烈欢迎、紫荆花旗与鲜红的国旗一同升起飘扬在香港的蓝天下……在那一刻，被日寇占领的屈辱和沦为英国殖民地的过往，都如欢庆回归的孩子们吹出的泡泡，飘散在空中，消解在那热情似火的七月的阳光里。

在回归后的二十年里，香港在伟大祖国的支撑下，克服了重重困难。1998年，亚洲市场动荡，爆发了金融危机，港元受到国际炒家索罗斯的冲击，香港股市出现巨大波动。在那人心惶惶的时刻，当时的总理朱镕基在记者招待会上说道："如果香港有需要，中央政府将不惜一切代价保卫香港！"之后，中央政府伸出援手，投入大量资金，帮助香港成功地击退了居心叵测的炒家，保住了香港几十年的发展成果。

而在2003年那场与"非典"的博弈中，香港人民和大陆人民在斗争中所展示出的英勇无畏的牺牲精神，更向全世界展示了香港与中国血浓于水、众志成城的中华民族凝聚力。在面对那短短三个月就感染1775人，致死296人的致命病毒时，香港政府果断采取一系列紧急措施，对疫情严重的淘大花园小区及时进行封锁，切断传播链，并举行"全民清洁保健行动日"，对城市卫生进行了大力的整顿，有效地阻止了病毒的传播。无数的医护人员不惧感染的危险，在抗战非典的第一线夜以继日地抢救患者。在威尔斯亲王医院，1/3的医生倒下。其后，又有6名医生感染非典殉职。与此同时，中央政府也对香港抗击非典做出了全面的支持，援助了大量的眼罩、口罩、防护服等防护用品。最终，两地的人们携手赢得了这场没有硝烟的战争。

在这蓬勃的二十年里，香港在各个领域都取得了傲人的成就。2003年6月，《内地与香港关于建立更紧密经贸关系的安排》签署，使得香港商品以零关税进入内地市场，促进了两地商贸关系的繁荣，为香港提供了新的经济增长点。同时，内地居民赴港个人游也得到了开放，大大地推动了香港旅游业的繁荣。2004年6月，首届泛珠三角地区合作与发展论坛在香港举行，出台了新的内地与特区间的经济合作模式，为香港与内地的经济合作提供了新平台。2006年11月，香港特区政府前卫生署署长陈冯富珍当选世界卫生组织总干事，成为联合国专门机构中担任职位最高的中国人。

同时，香港与大陆的文化交流也日益繁盛。第三届佛教论坛在港举行，中国民乐书画展在香港获得一致好评，中国戏曲节好评如潮，成为每年一度港人期盼的文化盛事……在相互的沟通与交流中，香港同胞与内地人民更加感受到同根同源的依存感，两地人民相互借鉴、包容共济，共同推动社会主义文化建设繁荣发展。

而在这二十年里，香港的回归也为中国的建设发展注入了强大的新动力。香港这一重要的贸易力量的回归使得中国从第十一大贸易国一举跃升为第五大贸易国。这百年国耻的洗刷，也提升了我国的国际声望。香港的地理优势，更使得我国外部环境得到改善，进一步加强了中国在亚太经济合作领域的参与度。

香港人热情好客、友善助人的形象更是深入内地民众的心。当祖国遭遇灾难和困难时，香港特区政府和民众慷慨解囊，奉献爱心。还记得汶川大地震时那个叫阿福的香港义工，身患疾病的他在前线救助受灾民众，搬送物资。青海地震时，又一次赶赴灾难最前线的他为抢救他人，被倒塌的楼房压住，不幸身亡，年仅46岁。一个黄福荣倒下，还有成百上千的香港"黄福荣"前仆后继，投身义工事业。他们来到大陆展开志愿工作，积极关注、关怀弱势群体，本着"用生命影响生命，用生命改变生命"的信念，救助了大量需要帮助的人，得到了内地民众的一致敬佩。

尽管近些年，香港与内地人民间仍旧因为制度不同、文化差异而存在着误解与矛盾，但这是回归进程中不可避免的一部分，社会中的每个个体要有信心、有耐心，要去体谅、去接纳。我相信，随着两地人民相互之间理解的加深，求同存异、相互包容理解的日子终会到来。

二十年来的风风雨雨里，香港与内地的情谊日益增长，"一国两制"制度的优越性在一次次实践中得到充分的证明。可以想见在今后的日子里，香港这颗璀璨的"东方之珠"将在祖国的扶持下更加蓬勃地发展与腾飞，成为新中国建设的一大助力。值此香港回归二十年之际，衷心祝愿香港与内地携手共进，走向更辉煌的明天！

青春中国，繁盛紫荆

航空航天学院探控 1601 班　郭子豪

尚史为镜，始知兴衰

英国对香港的侵占源于第一次鸦片战争，当时清朝战败后于 1842 年签订《南京条约》，将香港岛及鸭脷洲割让给英国。1860 年，清朝再于第二次鸦片战争中被英法联军打败，签订《北京条约》，将九龙半岛界限街以南及昂船洲割让交由英国管治。1898 年，清朝与英国签订《展拓香港界址专条》，租借新界（包括新界、新九龙及离岛地区）99 年，至 1997 年 6 月 30 日期满。这三份条约决定了今天香港区域的范围，此三份条约正本今皆典藏于中国台北"故宫博物院"。

自 1982 年起，英国政府与中华人民共和国政府开始就香港前途问题谈判。虽然《南京条约》与《北京条约》皆指香港岛及鸭脷洲与界限街以南的九龙及昂船洲永久割予英国，中华人民共和国拒绝承认《展拓香港界址专条》等所有相关不平等条约，只承认香港受英国管理，而非英国属地，并要求英国将香港岛和九龙连同新界一并交还。鉴于香港岛、九龙少有平地，水、食物等物资多由新界或内地供应，难以自给自足，而香港整体也没有因三条条约而特别分开发展，英国政府决定将香港的主权移交给中国，但同时极力争取维持英国在香港的利益。

最后，中英双方在1984年12月19日签订了《中英联合声明》，决定自1997年7月1日起，中国成立香港特别行政区，开始对香港岛、界限街以南的九龙半岛、新界等土地行使主权和治权。

人是物非，众望所归

"邓小平"终于到了香港！这是他生前最后的心愿，完成这个心愿的不是他本人，而是一尊由中国伟人蜡像馆制作的邓小平蜡像。

2007年6月28日上午11时许，"庆祝香港回归祖国十周年 恭迎小平蜡像莅港活动"在香港九龙奥海城开幕。香港市民盼望已久的小平蜡像和他当年乘坐的红旗检阅车终于与港人见面。

小平辞世后，1997年7月1日，香港回归祖国当天，小平蜡像在北京中国革命博物馆展出，展览大厅正中以维多利亚港巨幅照片为背景，小平蜡像神采奕奕地站在中央。人们以此希望小平在香港回归后实现自己的愿望。

"小平，您今天真的站在香港的土地上了！"中国伟人蜡像馆馆长章默雷先生面对小平蜡像，眼角中饱含泪光，他的一句致辞激起了在场嘉宾的热烈掌声。

小平蜡像和红旗检阅车是香港回归祖国十周年之际，中国伟人蜡像馆赠送给香港民众的重礼。这两份重礼将永久留在香港。其中小平蜡像，是中国蜡像艺术品中的精品。蜡像反映的是小平七十多岁时的某个片段，将众多特点精美融合，并特地选择了小平生前最喜爱的灰色中山装。与蜡像一同赠港的红旗检阅车是1984年国庆三十五周年时，邓小平国庆阅兵的座驾。

"小平同志"永远站在了他魂牵梦萦的土地上，而这土地已经和过去一个多世纪完全告别，迎来了新生。

民族复兴，新的起点

香港回归给两地带来大量交流的机会。华人首富李嘉诚在内地开办大量实业，以成龙、周星驰为代表的港星及其影视作品为内地民众所熟知。内地的大学也有机会与香港大学、香港中文大学等高校进行学术和教学交流。就在去年，我身边的一些同学就以优异的成绩考到了香港的大学，这在二十年前是不敢想象的。

然而香港的回归不是结束，外交部发言人华春莹在例行记者会上曾说："在领土问题上，是我们的，寸土不让；不是我们的，寸土不取。"近些年来，钓鱼岛、南海诸岛的领土纠纷不断，甚至还有别有用心的国家利用所谓的南海仲裁庭搞风搞雨，中伤我国国际形象。如果说香港回归是中国在国际上的一次发声，那么之后的申奥成功、入世成功，再到最近的"一带一路"倡议，则是中国在国际政治舞台上地位的回归，是我国综合国力提升的体现。

如果说炎黄子孙站起来了，那么这一次便不会再倒下，并且还会越来越挺拔，越来越俊逸。他会脚步稳健地走在通向共同富裕的道路上。中国的腾飞在路上，中华民族的伟大复兴在路上！

香港的回归，不是结束，只是开始……

紫荆花开正盛时

资源与安全工程学院城地 1601 班　张珂嘉

夜的帷幕渐渐落下，海浪拍打堤岸，幢幢高楼中的灯火沿着维多利亚港围成一片金幕，像是定格住的火树银花，天上一场，海里一场。

20 年了，整整 20 年，凤阁阶前守夜的黄豹早已归家，而紫荆花正盛的明珠将永远照耀东方。

1898 年 6 月 9 日，英国强迫清政府签订《展拓香港界址专条》，强行租借九龙半岛界限街以北、深圳河以南的地区，以及 200 多个大小岛屿，租期 99 年。那一刻，暗夜中的哀嚎与泪水冻结了战火与硝烟，无力的母亲和弱小的孩子自此只能隔着珠江久久相望。

历经坎坷与崎岖，中国一步步地成长为高大的身躯，中国人民一点点地挺起了胸膛。

1997 年 7 月 1 日，联合王国国旗和香港旗缓缓降下，"新界"成为历史。义勇军进行曲在香港会议展览中心新翼五楼大会堂里回荡，在会堂里鲜红色地毯的映衬下，中华人民共和国国旗的血色光芒更加明艳，那是一种挺直脊梁的璀璨，是民族意识的发展与壮大。这一刻，风雨飘摇99年的游子终于归家。

最初，"香港回归"这件事在我的记忆里只是作为语文课本里的一课存在，而"香港"更是一个只在电视里出现过的遥远而又繁美的地方。后来渐渐发现从小到大的玩伴里有些大我一岁的孩子，他们的名字里带着"归""回"这些将那开辟历史的一瞬镌刻在生命里的字眼，而这个发现让我惊觉了"香港回归"这件事的神圣与伟大。正是因为同为华夏儿女，他们的父母才会让他们将这个骄傲的时刻印记在生命里。

在世代传承里，谨记生而为龙的模样。99年的动荡波折从未让香港忘记自己的姓名。Chinny是一个香港回归宝宝的妈妈，女儿刘恩泳的出生让她深切体会到华夏血脉的紧紧相连。女儿每一年的生日都是举国欢庆的日子，这也让她开始慢慢地认识与了解了内地。数年前，她开始带女儿来内地参与公益活动、做义工，每一年她都会到山区支教，陪伴缺失亲情的留守儿童。"今日知道自己中国人的身份，应该献出自己的一分力，帮助我们的国家更加完善，希望他们从教育、从经济开始变好，提高文化水平，慢慢有所发展。"她曾在采访中这样说。20年前，魏守泉和几个合伙人在香港深水埗开了一家面包店。在回归祖国之际，相比少数香港人对于未来前途的疑虑，他始终坚信祖国和香港会越来越好。回归之后，越来越多的人从内地去到香港工作与生活，深水埗则是他们大部分人的选择。面对内地同胞，魏守泉的店始终以20年前的价格销售面包，即使是在成本已经翻了几番的今天。在他人的疑惑中，他只说了一句话："因为我们都是中国人。"

紫荆花在祖国的呵护下才能芬芳盛放，香港从不也永远都不会是独家村，它自古至今都是中国不可分割的一部分。

翘首觐向，巨龙伫立在此方，即使盛衰荣辱斑驳了脸颊，也依然坚守着脚下的土地。20年，香港一步步迈向繁荣发展与和平稳定，祖国也日益强大和富强。

弹指瞬间，沧桑巨变。20年来，在中国共产党的领导下，亿万人民艰苦创业，努力探索中国特色社会主义的发展道路，在改革开放和现代化建设的历程中，创造了一个又一个奇迹，实现着强国富民、民族复兴的百年梦想。

今日，中国早已开启新篇章，谱写新历史。中华民族不再会被欺辱与鞭挞，血与泪的历史刻在骨子里，奋发与图强铭记在心中，忘却百般沧桑，脱去万载铅华，昂首迈步向前越。

潇潇雨歇，时光滔滔，高山巍峨，任凭骤风狂云的掠卷，坚实的脊背永远以从容不迫的姿态抵挡住一切艰难险阻。仰天长啸，惊涛拍岸，云霄翻涌，洪流浩瀚冲刷历史，翻卷飞腾起漩流骇浪，奔驰向前且势不可挡，今后的所有皆闪耀着熠熠的光芒。亘古的月光，血脉激荡的黄河长江。因为我们是华夏儿女，所以我们有着不屈的信仰；因为我们是华夏儿女，所以我们不畏此后的挑战，定会肩负起时代赋予的使命，以不息的力量，奔赴下一个战场。而中国，往后的每一步，必是新的辉煌。

五星红旗下的紫荆花，是永恒绽放的灿烂。

夺目的灯光与明月相映，在海的浪花里漂荡。远处的笛声鸣响，白雾轻罩在水面上，耳畔是波浪与石头的交击，虽然起风了，但如今的维多利亚港，再不惧任何大浪。

紫荆紫荆，悠悠我心

药学院药学 1301 班　李　霞

忘不了战火纷飞中，香港离开了祖国母亲的怀抱；忘不了一年又一年，苦苦等待着香港的回归；忘不了香港回归那一刻，无数别离的家庭眼里涌动的泪光；忘不了儿时音乐课上，老师教着《七子之歌》喃喃着那段难忘的岁月。

昨日渐远亦难忘

还记得吗？当年同一盛天下的炎黄子孙因何而骨肉分离？华夏之香岛为什么飘起英吉利的米字旗？是的，那是一页写满屈辱而不堪回首的历史，那是一页溅满血泪遍透悲怆的历史。绝不能忘记，洋人是怎样用我们老祖宗发明的火药来填满他们的洋枪洋炮，又将枪口炮口对准一个民族的胸口而扣动扳机所溅红的那段历史；绝不能忘记，人类最大、最美、拥有众多珍宝的万国之园——圆明园是怎样被英法侵略者焚毁而烙在每一个中国人心里的那深深的仇恨和耻辱；绝不能忘记，当漫长的黑夜紧锁飘摇的山河，为拯救民族于水火，以铮铮铁骨展现出炎黄子孙不屈的英雄气魄的那些忠良和豪杰。虎门销烟、三元里抗英、谢庄之战……绝不能忘记，那个主张"宁予洋人，不给家奴"丧权辱国的"妖女人"，是怎样屈膝外强、割地赔款令国人蒙上耻辱的……百年沧桑，一朝雪耻。如今的中国不用一兵一卒，不费一枪一弹，便送走了不请自来的"殖民客"。

香港回归祖国的脚步走过冬天，走进春天，走到了6月，我们迎来一个伟大的历史性的日子——1997年7月1日。这一天，中华民族将洗刷百年耻辱，香港回归祖国母亲的怀抱。随着7月1日的临近，我仿佛听到了香港那轻轻的叩门声。此时此刻，我们怎能不深情地瞩目那一天！

为了香港回归这一天，我们中华民族等待了一百多年。在这漫长的日子里，香港背负着沉甸甸的辛酸，屈辱和痛苦压得每个炎黄子孙都直不起腰杆。一个民族的同胞骨肉，被一纸条约生生劈成了两半。面对着香港上空飘扬的"米"字旗，我们铭记下国破家亡、内忧外侮的历史，因而更加思念远离祖国母亲的游子，也更加盼望香港回归的时刻早日到来。美丽的香港，远离你的时间，我们思念长长，如今要走近你，我们怎能不热泪盈眶！你可知道，祖国母亲始终在看着你，她已伸出双臂期待着你早日回到她的怀抱。

五星红旗在紫荆旗旁冉冉升起，香港终于回到了祖国的怀抱。百年一瞬，沧桑巨变。当年，列强瓜分，骨肉离散；如今，金瓯补缺，同胞团聚。这是何等悲怆而又何等壮丽的史诗！

历史不再是忧患之秋的那种悲凉，祖国不再是任外强任意瓜分的穷乡。你听，长江黄河始终流淌着统一的梦想；你瞧，长城黄山依旧昂着不屈的倔强。两岸猿声啼不住，轻舟已过万重山。蒙受百年耻辱的历史将一去不复返，鲜艳的五星红旗将在你的头顶上空永远高高飘扬。

今朝港内共繁华

人道是故园风雨。历史如昨日风雨，九州为今日故园。香港这块面积仅1100平方千米的土地，经历过狂风暴雨，而今沐浴着和风细雨；走过凋零颓败，而今是美丽繁荣。二十四小时川流不息的汽车，白天将香港弄得热热闹闹，晚上为香港增添了一条流动的光带；还有那高科技的竞技场、科学馆令人大开眼界；那充满童趣的迪士尼乐园，是每个孩子向往的地方；美丽的维多利亚港海滨、繁华的铜锣湾，更是人们生活、旅游的天堂……

二十年了，心头忽然回响起1997年香港回归时的一首歌：清清的东江水，日夜向南流，流过深圳，流进港九，流上深港楼外楼。东江的水啊东江的水，你是祖国引出的泉，你是同胞酿成的美酒，一醉几千秋。

今年春天紫荆花盛开了，花开得绚丽、灿烂，因为它们还要以更加鲜艳的色彩，庆贺"香港回归二十周年"。春华秋实，衷心希望香港更加繁荣，更加开放，更加和谐。

在普天同庆、迎你回归的日子里，神州大地每一寸热土都是庆典的舞台；城市乡村每一盏灯火都闪烁着动人的诗情；欢腾的香江之水为你舒展着秀美的笑容；罗湖桥畔火树银花为你编织着归来的喜悦。我们骄傲，当今让世界纷纷瞩目乃我中华；我们举杯，为华夏儿女团聚在这火红的七月而欢畅；我们欣慰，一个饱尝耻辱的民族终于挺起了自强的腰杆；我们激动，南北同胞欢聚时刻预示着"特色"中国将更加辉煌，香港梦作为中国梦的一部分即将实现。

百字令·念港归二十周年

湘雅药学院药学 1303 班　温盛鑫

忆

港归

双旗扬

紫荆花绽

五星耀香江

炎黄子孙愿满

一国两制定乾坤

繁盛香港绝非虚妄

廿年激扬两地齐腾飞

同心创前路掌握新机遇

异日更铸无限辉煌

祖国血脉永铭心

共携手赴锦绣

明日复胜今

盛世麒麟

衔紫荆

踏云

祥

紫荆花开

粉末冶金研究院材料化学 1602 班　马西麟

远去了虎门上空骇人的污浊

英吉利冰冷的舰影也不见踪迹

漫漫百年风雨路

追寻着，追寻着

牵挂着，牵挂着

狰恶海狮觊觎那肥沃的脂膏

凤阙阶前黄豹也饱受欺虐

晞光微亮苦苦期盼的黎明

终将唤醒沉睡的雄狮

最后一刻久久期待的钟声

凝结着多少苦涩的泪水

最后一刻轰鸣的钟声

是历史的叩问

是心跳的声音

历史留下的刀光剑影

在世纪末被擦去

母亲，我要回来，母亲

当初声声血泪俱下

百年飘散海外的游子

终于又回归母亲的怀抱

也许伤愁和屈辱会被历史和时间淡忘

但那段辛酸却永不被人心遗忘

在那发黄的旧约面前

一字一字

把母亲的儿女强行剥夺

一行一行

把一个民族推向了崛起的高峰

握紧了手中斩敌的宝剑

面前是波涛汹涌的海浪

身后又是壮丽如画的山川

长城是我们的脊梁

黄河融入了我们的气魄

太阳跳出东海

黄皮肤的脸上

不应只有泪水和伤痕

一滴滴饱含腥咸泪水

一道道深入骨髓伤痕

杂糅着百年的痛苦与欢乐

归寂了尘烟

擦干了泪痕

午夜之后又是新的一天

又是一个新的时代

五彩的鸟儿在振翅高飞

鲜艳的花儿在吐蕊绽开

江山格外壮丽

人民格外豪迈

这一刻

中华大地山花烂漫

紫荆深深扎根在黄河长江流淌的土地

那朵紫荆开得分外新鲜

人们心向太阳

手与手攥得更紧

前方风景独好

春风拂来，紫荆盛开

机电工程学院机械1304班　赵庆岩

1997年6月30日，这一天的香港与平时有些不同，很多人围拢在电视机、收音机前，关注着新闻不停更新的动态。这一天，香港港督府门前代表着英国辖治的旗帜被降下，预示着香港主权的回归，一个崭新时代的大门正在向香港和香港民众打开。而当这个新时代大门敞开时，香港的发展也迈上了一个新的台阶，"一国两制"的构想成为现实。

那一天，随着夜幕渐渐降临，零点钟声朗然响起，香港会展中心内全场肃立，注目着五星红旗与紫荆花旗慢慢在会场之中升起，香港回归了，几代中华儿女梦寐以求的画面成了现实。小时候总是不大理解这梦是什么，而随着年龄增长、阅历增多，读过了岳飞"三十功名尘与土，八千里路云和月"的壮志豪情，听过了"沉沉酣睡我中华，哪知爱国即爱家"的振臂一呼，才渐渐明白这既是抵御外敌、重整河山的意志，也是先驱们一颗颗赤子之心。虽然我们没有亲身经历那段历史，但也可以通过先驱志士们的一些诗作来体会这一家国情深的情愫，就像闻一多先生的组诗《七子之歌》中香港那一节里所写的，"我好比凤阁阶前守夜的黄豹，身份虽微，地位险要。""如今狞恶的海狮扑在我身上，啖着我的骨肉，咽着我的脂膏。"期盼香港回归之情，可见一斑。种种深情款款的文字，无不是在望着香港回归祖国，这里边包含着的都是中华儿女饱满的不能割舍的家国之情。

改革开放的春风吹遍了华夏大地，百年前那个疲态遭人欺辱的国家，如今换了脊髓，身形矫健地谋求着更好的发展。中国，现在以一个大国的姿态向众人展现自己的魄力与情怀。

"90后"的我们可以说是这一场变迁的见证者，从少不更事的岁月里耳濡目染的世贸、开放、市场、改革等概念到现如今国家网络的普及、法治进程的深化、高压反腐的实施、互联网经济的发展，很多很多皆已超越了众多发达国家，21世纪的这些变化都是国家发展的一个个例证。在这样的大背景下，香港的发展也是顺风而起，这个曾经的"亚洲四小龙"，如今又被冠以"东方之珠""购物天堂""美食天堂"的盛名，紫荆花比20年前开得更加繁盛、夺目。

维多利亚港的风静静地吹着，世事变迁百年，这座曾经象征着英国女王统治的港口如今只剩一湾浅水荡漾，曾经跋扈一时的侵略者如今没了踪影，大大小小的行船来来往往，见证着这个国际化都市的过去与现在。

几十年前的香港还没有成为我们今天所看到的这个国际化的贸易都市，从港产的很多影视剧之中还可以看到那个英政府统辖之下，表面上相对发达，实则有很多社会顽疾难以解决的旧香港的影子。记得港版电影《金钱帝国》之中就有这样一个人物设定，片中头号反派李乐公为人跋扈，身为香港地区总探长的他，明面上肩负着维护全港治安的重任，私下里则指使手下的黑恶势力向遍布在香港的地下钱庄、毒品交易市场等收取巨额保护费，并且利用其在警界内部的关系向全港警察进行贿赂。而他之所以能够如此肆意妄为，全是依赖英国驻港总督对他所作所为的放纵。这样一个有着社会原型的人设，足以让人看到，百年来的殖民统治不仅仅将香港与祖国大陆割裂开来，还深深影响到了数代香港人的生活，使它成了一个英国人特权统辖下的香港。而这一切，在五星红旗与紫荆花旗开始飘扬在香港上空的那天起，就已然成为过去。当被侵略的历史过去，这个国家便蓄力向前掀开新的篇章。国家的意志已经可以做到将外国特权赶出国门，国力的昌盛给了我们这种力量。

香港回归至今，已经接近二十年了，这个国际化大都市正在以越发向上的姿态，呈现给世人一个崭新的香港。在这二十年里，之前阻隔在香港与祖国内陆同胞之间的栅栏被打破，并且大家在认知上逐渐趋于一体，文化融合进程不断加快。我们身边的不少人前往香港去做生意、求学，带来了不少那边的生活习惯和有趣的见闻，并且在内地快速发展的背景下，我们的生活之中也融入了更多、更方便的联连，网络世界的发展让我们这些大学生可以更加方便地了解我们国家的每一寸土地。香港在我们印象中也不再是那个遥不可及的大都市，而是有了更多的身份，它作为购物天堂吸引了内地许多消费者前去；作为旅游胜地又吸引了一批又一批内陆游客前去观光，感受这个海滨城市的璀璨人文与美丽景色；它见证了内地学子赴港交流，以及香港学子来内地感受祖国母亲的宏大与壮丽，这些文化的交流日益深入，文化认同感的一致也愈来愈深入人心。这些人和事既见证了国家这三十余年改革开放历程所实现的发展，也见证了香港多元化城市的独特魅力，那个百年前栖身凤阁的黄豹，似乎磨砺了自己的利齿，正迈着傲人的步子守护着自己的母亲。被列强欺凌的日子已然是过去，而且一去不复返，如今的香港化身为一颗东方的宝珠吸纳着朝气，而我们的祖国也正以巨龙的矫健身姿舞动在世人的面前。

春天的气息，已经透着暖意渗进了这个国家的每一寸土地，阳光正好，紫荆花开得格外繁盛。

笑看龙舞书华章，紫荆花开神州香

机电工程学院微电子 1501 班　杨媛媛

清清的东江水，日夜向南流；流过深圳，流过港九，流上深港楼外楼。东江的水啊东江的水，你是祖国引出的泉，你是同胞酿成的美酒，一醉几千秋。

1997 年的 7 月 1 日，我刚半岁。家里已经磨白、毛刺刺的相册里有一叠发黄的老照片，照片里的我伸着胖胖的手去接天上散落的美丽烟花，眼睛里像盛了星星一样亮亮的。妈妈他们常说：以前没有见过这么多这么美的烟花。那一天，香港回归，就像烟花飘散在漆黑深邃的夜空，代表着香港的紫荆花也终于在神州大地上缓缓绽放了。

离开中国一百五十年的岁月有多漫长，祖国母亲的想念就有多绵长。我们愈是举步维艰，就走得愈是坚定有力。从邓小平会见撒切尔夫人提出中国将在 1997 年收回香港，到双方签署《中英联合声明》；从 1997 年 6 月 30 日午夜举行交接仪式，到 7 月 1 日零点整中华人民共和国国旗在香港上空升起，过去的苦难随着人们滚烫的热泪远了，远了；触手可及的幸福在大家的嘶声呼喊中到来。

如今，香港逐渐成长为一个繁华的国际性大都市，内地城市也在各个领域崭露头角。香港回归二十年，人们的生活逐渐融合在一起。融合的过程必然会存在一些摩擦，但只有克服了这些摩擦，我们才能生活得更加和谐，"求同存异"让祖国的文化更加丰富和多元化。所以无论是香港抵制内地代购，还是"占中事件"的冲击，我们都不曾畏惧、不曾胆怯、不曾放弃交流，只有经历波折，用心解决才能让困难"从哪里来，就到哪里去"。经过不断的磨合，香港同胞对祖国的认同以及归属感日益加强。记得去年龙应台在香港大学演讲时说道："一首歌能够经历数十年依然不被忘记，是因为它是时代，是历史，更是每一个人的回忆与安慰。"当她问："你们的启蒙歌是哪一首呢？"一位中年大哥拿起话筒说："我想起进大学的时候，很多师兄带我们唱的《我的祖国》。"在龙应台问《我的祖国》怎么唱时，全场唱起大合唱了：一条大河波浪宽，风吹稻花香两岸……

隔着一个手机屏幕的我也被感染得眼睛有些湿润了，曲中大河与稻花的意象就是我们的祖国和团结一致的同胞啊。有不和谐的声音说："大河只是大河，稻花也只是稻花而已。"是啊，大河就是大河，是"尔曹身与名俱灭，不废江河万古流"的大河，是我们披荆斩棘，冲出重重苦难的祖国。内地的我们怀着惊喜的心情去欣赏香港的文化，有味道的港片，直入人心的粤语歌曲；我们怀着激动的心情踏上这片富饶发达的土地，去享受购物的乐趣。与此同时，香港的同胞们也对我们念念不忘，《我的祖国》大合唱传递的正是老一代港人和新一代年轻人对祖国的情怀。

在中南，我周围也有不少来自港澳台的同学。中南大学"向善，求真，唯美，有容"的校风意为为善弃恶、修身养德，实事求是、真诚有信，陶冶性情、丰盈内心，以及拥有海纳百川的宏大气度和谦虚的宽阔胸怀，在这种氛围中，同学们相处和谐融洽，来自香港的同学也表示在学习、生活中都感受到了温暖的帮助，找到了归属感。在 2017 年初，我们机电院还承办了和香港城市大学、香港中文大学等的交流活动，在活动中大家一起"品湖湘经典文化，话两岸科技传奇"。内地与香港的年轻人是两地交流沟通的桥梁，我们在一次次的交流、思维碰撞中增强了民族认同感，也加深了对彼此的理解。

我们都一样，黄皮肤黑眼睛。

我们都一样，求真好学追逐理想。

我们都一样，渴望那个谈笑欢歌、肆意欢笑的中国梦。

我们都一样，爱着我们的祖国。

中国正在成为一个更好的中国，中国的香港正在成为一个更好的香港。我们在世界关切的目光中，开辟了美好的新时代。我们一起编织中国梦，我们一起实现中国梦，我们一起走向更好更远的地方，我们都相信"少年强则国强"。

看那些矫健的身影和蹒跚的脚步逐渐相映，看那些年轻的面孔和斑驳的双鬓逐渐相对，我们，也正在路上；愿香港好，愿中国好，愿看龙舞书华章，紫荆花开神州香。

盛开在祖国大地的紫荆花

马克思主义学院思想政治教育 1401 班　董圆圆

20 年前的 7 月 1 日，当中国的国歌响彻香港会议展览中心新翼五楼大会堂时，当英国的国旗从香港岛天空降下，新中国的国旗伴随着高昂的国歌声在香港升起时，经历了百年沧桑的香港终于回到了母亲的怀抱。从此，香港踏上了一个新的征程，中国翻开了新的一页。

这历史性的一刻值得纪念，绝不仅仅是因为中国收回了领土主权，更是因为香港同胞们终于认回了自己的生母；这历史性的一刻值得纪念，绝不仅仅是因为资本主义大国做了妥协，更是因为这是对新中国实力的证明；这历史性的一刻值得纪念，绝不仅仅是因为这是中华民族的盛事，更是因为这是整个世界和平与正义事业的胜利！这历史性的一刻必将永久性地载入史册。

打开记忆的闸门，仿佛又回到了那个国力羸弱的年代，英国以一场鸦片战争叩开了中国的大门，战败的屈辱使我们不得不签下了《南京条约》，将香港岛割让给了英国，严重损害了中国的领土完整；1856年英国携手法国卷土重来，发动了第二次鸦片战争，迫使清政府于1860年签订《北京条约》，割让九龙半岛；1894年中日甲午战争之后，英国逼迫清政府于1898年签订《展拓香港界址专条》，强租新界，租期99年。至此，香港的主动权已经完全不在中国手里，多少屈辱之泪，多少思乡之情，让每个中国人都铭记在心，漫长的等待由此开始。新中国成立之后，随着中国综合国力的增强以及国际地位的提高，香港回归的事宜逐渐提到日程上来，在经过与英国政府长时间的磨合后，中英双方最终在1984年12月19日签订《中英联合声明》，决定自1997年7月1日起，中国成立香港特别行政区，开始对香港岛、界限街以南的九龙半岛、新界等土地行使主权和治权。至此，中国在争取国家领土完整的道路上迈出了重要的一步，香港的回归是中国国力强盛的一种宣誓！

转眼间，香港已经回归20年了，这20年我们伴随着新的香港在"一国两制"的带领下走上新的辉煌，见证了香港在祖国的庇护下变得更加强大。回归20年以来，内地与香港共同应对亚洲金融危机、SARS以及"占中事件"等经济、政治挑战。每当香港遭遇危难，中央政府总在第一时间挺身而出，至今已出台CEPA（《内地与香港关于建立更紧密经贸关系的安排》）、开放赴港个人游、人民币离岸中心建设等数十项措施，在危难时刻给予香港最有力的支持、最温暖的怀抱，帮助香港转"危"为"机"。内地的支持使得香港的民生和经济发展都取得了举世瞩目的成就，成了世界向往的金融中心之一。今日的香港，经济稳步增长、市场繁荣、贸易活跃、金融发达、就业稳定，并连续20多年被评为全球最自由的经济体，位列全球最大最先进的金融体系，成为中国东南沿海的一张明信片。香港今日的繁荣，在某种意义上带动了整个中国经济走向世界前端，接受最前沿的经济信息，为内地经济的发展带来了先机。我们必须承认，因为香港的回归与带动，才使得内地近几年的经济发展如此之迅猛。栉风沐雨，这支植根祖国怀抱的紫荆花一定会开得更加艳丽、繁盛，为全球经济增添一道亮丽的风景。

在香港回归 20 年这个值得国人庆贺的日子里，我们必须铭记曾经那段屈辱的岁月，接受"落后就要挨打"的教训；我们必须铭记国强则民安的箴言，只有祖国繁荣富强，人民才能拥有岁月静好；我们必须坚持"一国两制""港人治港，高度自治"的方针，团结香港同胞，维护祖国繁荣稳定。

今天，值得我们骄傲与兴奋的是，香港回归后，内地与香港特别行政区之间并不仅仅是政府之间的往来，更重要的是两地在经济、文化、教育等方面的交流也日益的密切。越来越多的内地商人到香港谈生意，大批的香港企业到内地来寻找生意伙伴。今天的香港，随处可见内地文化的影子，内地也迎来了非常优秀的香港作家、歌手、演员等，他们对内地现代文化的发展做出了重要的贡献；各大高校里遍布着前来交换的大学生；在以粤语与英语为主的香港现在随处可以听见普通话；彼此之间的来往越来越便利，高铁、飞机等更是缩短了我们与香港的距离；香港成了内地游客的旅游购物天堂……民间太多太多的变化，都在告诉我们香港真真实实地回来了。

今天的香港可以骄傲地对着世界说："我们是中国人！"我们坚信，未来香港会在中央的带领下再创新的辉煌，而中国也将不负众望，更加繁荣富强，用实力捍卫自己的每一寸土地，守护自己的每一个孩子。播种在祖国大地的紫荆花，因为有着充足的养分与祖国母亲的照料而生长得自由自在。衷心祝愿香港在祖国的庇护下更加繁荣稳定。

香港这片土地上，经历过狂风暴雨，而今沐浴着和风细雨；播种在这里每一个角落的紫荆花，因为走过凋零颓败，所以现在愈是美丽耀眼。

紫荆花开　中国梦扬

机电工程学院机械 1609 班　张　雨

铭记失去——时间褪不去的屈辱

历史如昨日风雨。巍巍中华，于历史长河中摸爬滚打，在前行的荆棘道路上一笔一墨书写中华痕迹。强如"渔阳鼙鼓动地来，惊破《霓裳羽衣曲》"之大唐盛况，衰如近代列强肆意践踏中华之失魂落魄。

可笑！可气！可叹！自以为泱泱天朝大国，其他国家都不过是自己的附庸，没有哪一个国家能在任何一个方面比得上中国，闭关锁国。正是这种自误，正是多年的闭关锁国让晚清在荣华富贵中迷失了发展方向。偌大的一个中国，竟然没有一个人能够看到中国的现状，或许有人知道，但却没有人说出来。满朝文武，不去想着如何让中国更强大，而是一个个自以为天朝大国，看不起西方国家，而西方国家却正兴起思想进步的浪潮，于实践中找寻经验，日渐强大。

"鸦片战争，这把火燃烧了整个中国，它就像一个信号，一个中国必须改变的信号；它就像一场风暴，席卷了整个中华大地；它就像一粒种子，播种在所有爱国学子的心里。"鸦片战争惊醒了东方沉睡的雄狮，与此同时，我们也付出了痛彻心扉的代价。

1842 年，清政府与英国签订《南京条约》，将香港岛及鸭脷洲割让给英国。

1860 年，第二次鸦片战争清政府再次战败，被迫签订《北京条约》，将九龙半岛、界限街以南及昂船洲交给英国管治。

1898 年，清政府与英国签订《展拓香港界址专条》，将深圳河以南，界限街以北的 230 块大小岛屿总计 975.1 平方千米的土地租借给英国，并将租借地称为"新界"，租期为 99 年。

这是一页写满屈辱、不堪回首的历史，也是一页溅满血泪、遍透悲怆的历史。只有铭记昨日失去血肉同胞之痛楚，才能让明天的紫荆花愈开愈艳。

铭记归来——一位伟人，一生夙愿

"我好比凤阁阶前守夜的黄豹，

母亲呀，我身份虽微，地位险要。

如今狞恶的海狮扑在我身上，

啖着我的骨肉，咽着我的脂膏；

母亲呀，我哭泣号啕，呼你不应。

母亲呀，快让我躲入你的怀抱！

母亲！我要回来，母亲！"

虽没有亲眼见证香港回归的历史一刻，但通过资料，我亦能感受到当时中华大地的举国同庆、欢欣鼓舞，我们的亲人终于回到温暖的家庭，自豪之感油然而生。

雄壮激昂的中华人民共和国国歌在会展中心响起，神情肃穆的升旗手面向东方，将挂好的国旗用力一抖，两旁的升旗手拉动旗绳，五星红旗冉冉升起。五星红旗飘扬在了维多利亚港上空，猎猎作响。中华儿女们手捧着鲜花，挥舞着红旗，在雨中久久不愿离去。

可是，费尽半生心血，将香港回归视为终生夙愿的老人，却没有亲眼看到香港的回归。

"中国人穷是穷了一点，但打仗是不怕死的！"

"主权问题一分一毫都不能让。"

邓小平同志在盛气凌人的"铁娘子"撒切尔夫人面前毫不畏惧，不断放出狠话，让当时不可一世的"铁娘子"花容失色。经过数十年的谈判，虽然困难重重，但是为了祖国统一，邓小平同志带领他的团队呕心沥血，终于将香港收复。

一代伟人，实施改革开放让中国走上经济发展的快车道，更用自己的胆识和人格让紫荆花重新开在中华大地。"一国两制，港人治港"至今仍引导香港和平快速地发展。

回首昨日——二十年风雨同舟

1998 年，受亚洲金融危机影响，香港股市出现极大波动，国际炒家全面狙击港元。8 月下旬，在中央政府的坚定支持下，香港特区政府决定对国际炒家予以反击，香港金融管理局在股票和期货市场投入庞大资金，成功击退炒家，香港在全国人民齐心协力下安全度过亚洲金融危机。

2003 年，香港暴发"非典"疫情。特区政府带领社会各界全力投入抗疫行动，香港医护人员坚守岗位，内地也为香港提供物资支援。凭借港人的团结和坚强以及内地的无私援助，这场持续数月的疫情终被控制。6 月23 日，世界卫生组织宣布，正式将香港从"非典"疫区中除名。

2003 年 7 月，中国政府开通"内地居民香港自由行"，让两地交流更方便。

2008 年 5 月 12 日，汶川大地震给灾区百姓带来巨大伤痛，也牵动了700 万香港同胞的心。从地震发生的那一刻起，香港同胞的爱就不曾离开。地震发生后的四年间，一笔笔援助从千里之外的香港涌向汶川，一个个重建项目在灾区拔地而起。据统计，截至 2011 年 4 月底，香港特区共确定援助项目 190 个，援助金额 84.31 亿元人民币。

2011 年，国家"十二五"规划首次列出港澳专章。纲要指出巩固和提升香港国际金融、贸易、航运中心的地位，支持香港成为国际资产管理中心和离岸人民币业务中心。这些对于香港未来发展的准确定位和详细阐述，令香港社会倍感振奋。

而对于我个人，进入中南大学以来，能够与从香港来的兄弟姐妹们一同学习、生活，让我切身体会到了中华一家亲的喜悦。我们互帮互助，有说有笑。将来，我们将为我们这个国家的发展做出更大的贡献！

展望未来——中国梦更美，紫荆花更艳

在这中国梦飞扬在每一个中华儿女心底的时代，在这九州万里蓬勃发展的时代，我们有理由相信，我们的明天会更好！香港，不会再离开母亲的怀抱，紫荆花只会越开越艳，东方之珠将在祖国身边永远绽放光芒！

衷心祝福香港，我们将会永远在一起，我们将会一同迎接风雨洗礼，一同发展进步，一同为祖国更好的明天奋斗！

共赏紫荆花开，共盼中国梦圆。

紫荆花开的样子

机电工程学院车辆工程 1601 班　孟安琪

　　年轻时爱做梦，梦里是仗义执恩仇，快意走江湖的侠客。小时候，夏日炎炎，蝉鸣聒噪，这里的时光总是最能消磨人心。日复一日的平淡里，姑姑谪仙清灵，黄蓉精灵古怪，靖哥哥忠勇仗义，一见惜朝误终身，这些色彩染亮了生活。而这也是我第一次知道香港，当时只觉得那是个武侠圣地，是个造梦的地方。因为爱那些光影里爱恨分明的人物，所以也喜欢那片创造了他们的土壤。

　　长大一点，上了学，读了书，才知道那片土地曾漂泊在外，才知道舰艇炮鸣里，她是祖国惨遭蹂躏、无可奈何分离的骨肉。那时在想，骨头连筋，生生打断，她多么痛苦；相依互通，忽然漂泊无依，她是多么仓皇无措。这时我想了解她多一点，多看她一点，看看她是怎么从苦难里开出紫荆花。十九世纪，她离弦在外，是英属殖民地；侵华战争期间，她和上海租界一起，是抗争者迂回的防线，可惜后来还是抵不过日军铁蹄；"二战"后，凭借地域优势，维多利亚港成为航道的重要枢纽。当年，我们无能为力，骨肉分离，可我们无时无刻不在思念她，所以二十世纪八十年代，我们国力上去了，市场广阔了，邓爷爷立刻和撒切尔夫人强调了我们收回香港的决心，"钢铁公司"顶过了"铁娘子"。

一百五十多年前，我们同样耕织布衣，渔猎摇橹，生活缓缓淡淡，所以我们相亲相依。隔了这么久，彼此改变都如此巨大，一方走社会主义，一方在西方统治下。突然要走在一起，惶恐、担忧都是常理。所以邓爷爷提出了"一国两制"，主权问题解决，驻军问题解决，制度方式都是双方可以慢慢商量的问题。我在读了一些文献后，才知道当年是很多老干部在香港实地考察了很久，写出很多研讨资料才确定了这个可实行的制度。

港岛回归次年，全球金融动荡，政府划拨大笔资金，帮助稳定局面，平稳渡过大危机。2003 年，港岛成了非典疫情重灾区，再一次，政府带领社会各界人士投入抗疫行动。众人拾柴，齐心协力，港岛除名非典疫区。在一起走了这么久，不仅仅是拨款出力助港脱困，双方还在很多方面合作交流，达到了合作共赢的局面。泛珠三角区域合作开展，劳动力、资金、科技流通，珠三角流域迅速发展崛起。

不仅在物质创造方面，在人文方面，港岛的文化流入大陆，让大陆的青年接触到一片闻所未闻的天地。粤语歌绵绵糯糯，陈奕迅、张国荣惊艳时光。港岛的影片，武打精悍，爱情痴缠，警匪智斗，每一帧都刻画出了应有的精彩。笔笔细腻，帧帧妙曼，勾勒出众生百态相，增一分为多减一分太少，一切都刻画得刚刚好。

于我而言，港岛的文化格外沉重，给我展现了另一种熏染下文化的可能性。李碧华笔下，每一个人物都要忍受生活不断地揉搓，每一次抉择都不能从心所欲，最后都要屈服于越来越艰辛的世道。可他们的爱恨又都那么浓烈，浓烈熏人心。古龙笔下，偏好小人物，偏好底层打磨，偏好忍百般蹂躏仍能坚守本心的人物，相信朋友情谊无价两肋插刀在所不辞，追求潇洒畅意江湖。我喜欢他笔下的陆小凤，一人一指走江湖，内心秉一腔义气，抛掉虚伪的面具，过本心的生活。我喜欢他的对话，句句留白，句句沉默，直来直往，但却是只有彼此交心才懂的直来直往。而金庸，用美丽的古言，编织了现代的神话，文里每一个人物出场，都有相貌气质的描写，优美流畅，清甜雅致。金庸同时给年幼的我塑造了整个的价值观，忠勇爱国，仗义执言，侠客所为，在所不辞。而港岛的警匪片，无所不能的港岛飞虎队，机智聪敏的警察队伍，你来我往的斗智斗勇，置身其中，很快会被带入节奏，脚趾都紧张得蜷缩。但是，无论剧情如何变，唯一不变的就是警察对正义的追求和他们的正直英勇。而无论走在哪条路上，这都是我们一致推崇的价值观。

她回来了，而我近距离看到了她盛开的紫荆花，虽然没能亲眼见到港岛的繁华旖旎，但从字里书间，我知晓了她维多利亚港的忙碌、金融街的繁华，知晓了她的众生百相，读懂了她的文脉流淌，沉醉于她的粤语轻和。

金瓯补缺二十载　辉煌造就千秋代

法学院卓越法律 1503 班　杨楚寒

忆往昔，中华宝地硝烟四起，软弱如晚清，以割地求一隅偏安；可怜吾香江，离母之殇无可平；可悲我中华，丧子之痛不可断！

万千仁人志士，执铁马冰河之梦，而无力为之，终以抱憾而去。人虽逝矣，其情仍存。后世得教，誓达先烈之愿，还香江一轮故国之月。

1997 年的回归前夜，天空下着毛毛细雨，香港的街道两边站满了手握五星红旗的市民们，静静等待着解放军的到来。雨越下越大，他们没有离去，或撑着雨伞，紧紧握着手中的小旗；或顶着大雨站在街上，将旗子捂在胸前。他们就这样静静地盼望着，等待着。终于，解放军进了城，看着整齐的队伍，听着熟悉的乡音，已经有人开始小声地啜泣。时针静静地走，当指针终于指到了 7 月 1 日凌晨的那一刻；当礼炮声响起；当心心念念的五星红旗终于出现在香港的上空，市民们欢呼、雀跃，相拥而泣，他们，终于回家了。

在隔着一湾浅浅深圳河的内地，人们的激动程度丝毫不亚于香江市民。家家户户守着屋内一方小小的电视机，看着灯火辉煌的香港会议展览中心，看着紫荆花与五星红旗融为一体，看着江泽民同志走到镶嵌着中华人民共和国国徽的讲台面前，听着他庄严地说："中华人民共和国香港特别行政区正式成立！"现场闪光灯不断，远在内地的期盼的人们也爆发出了热烈的掌声。历经百年沧桑的游子啊，终于回来了！

庄严而神圣的时刻至今已过去二十年了。二十年啊，对于漫漫的历史长河而言，不过是浮光掠影。而对于这条回归之路，则是十分可贵了。回归至今并非一帆风顺。回归之初，某海外媒体甚至说出了"香港之死"的谬论，中国政府在如此高强度的压力下，不逞口舌之快，只以实际成果证明自己。这一番可喜的成绩，堵住了闲人的嘴，也拉近了港人的心。从制度建构到爱国教育无不下一番狠功夫，以"一国两制"为主基调，强调"港人治港、高度自治"；鼓励两地教育资源的交流，给予香港投资者很大程度的政策扶持。这为香港成为现代亚洲最璀璨的明珠奠定了坚实的基础。

回顾这二十年，无论是1997年的亚洲金融风暴，还是2008年全球经济危机，作为高度依赖国际贸易的香港特区，都难免受到极大的影响。而凭其一己之力，定难以解决困境。在此时，正是政府的帮助促进其尽快走出困境。政府从不吝啬对香港的帮助，从出台《内地与香港关于建立更紧密经贸关系的安排》到开展香港"自由行"，这些政策在香港向现代化发展的过程中起到了极大的促进作用，以强大的内地财政为后盾，促使香港从劳动密集型发展模式，转变为第三产业带头的经济发展模式，提升了整体的经济架构现代化程度，使得经济上完成了一次又一次腾飞。

除此之外，当香港经历禽流感、SARS等重大医疗困难时，政府派出大量志愿者和医生去支援，弥补人手的不足，并且多次开展医学会议，分享了大量的医学技术；在经济方面，政府还给予了很大的政策支持。所有的这一切，都是香港走出一道道难关的推进器，是手足同胞们付出了生命与血的努力，才成就了现在的香港。

在这二十年里，港澳的青年们也不断学习，互相促进。内地大学对香港学生抛出欢迎的橄榄枝，香港的诸多学校也向内地优秀学生敞开大门。港澳和内地的青年有了更多的机会交流，两地不再以老一辈的感情为纽带进行联系了，新的一代以自己的交往方式创造出一种新的感情，这种情感为两地之间植入了更多活力，也更加持久，具有更大的可塑性和创造力。我校的港澳交流部门也紧跟潮流，多次举办交流活动，从青少年开始培养深切的手足情谊，作为参与者的我们也更近地接触到了同胞兄弟，建立了更年轻的两地关系。

正如首位特区长官董建华说过的"祖国好、香港好，香港好、祖国更加好"，跨过离散之痛，走过时代巨变，两地的关系越发紧密，互动性也越发增强。从原始的单方面支持，发展成如今的互帮互助，香港以其独特的地理位置和在国际社会中的灵活性，更为敏捷地为政府提供发展方向的信息，而内地则以其丰厚的财政力量，成为香港发展的坚实后盾。两地在经济融合的基础上，更是创新出了新一代的情感纽带，使得两地终成并肩战友，在国际社会中拥有了极大的话语权与影响力！

二十年前，五星红旗在香港的上空冉冉升起，一同升起的，还有中华儿女浓浓的民族自豪感。降下的英国国旗，标志着那段承载着屈辱不甘的殖民岁月终结。这二十年来的光辉成就，是无数中华儿女共同奋斗的结果，是皇天不负苦心人的回报！

自中华独立以来，知耻后勇，创繁荣辉煌；奋起直追，享国际声誉。与子香江，金瓯补缺。自团圆起二十载，经时代风雨，历沧桑巨变；是以骨肉支援，扶持前行。

其硕果累累，独立于宇，其精彩连连，傲立于宙！前无古人得此殊荣，后无来者敢于搦战，何也？是以手足之利而无金不可断也！

紫荆花开

——庆香港回归二十周年

机电工程学院微电子 1502 班　王祖慧

折一弯思乡柳，咏一腔恋家情

上下五千年的紧紧相依，在百年前被铁蹄践踏；一湾浅浅的海水变得惊涛骇浪，深不可测。香港悲切地离开祖国的怀抱，哭声阵阵，海风猎猎，吹皱了一国的心，也吹醒了一国的人。悲伤不仅催人流泪，更催人流汗流血！要强大起来，要让同胞团聚，要让国家统一，要让人民站起来！亿亿万万人无声地呐喊，他们不屈地奋战着，顽强地反抗着，誓要实现统一。这一汪海水再是汹涌，再是黝深，却也无法阻止人们共同的信念；饮冰数十年，亦难凉国人之热血！

在那悲伤的仿佛永远、坚定的仿佛只有一瞬的分别日子里，我们无时无刻不在彼此思念，彼此挂怀。终于，在 1997 年的 7 月 1 日——中国人民永远无法忘记的一天——中华人民共和国国旗和香港特别行政区的国旗在庄严有力的国歌声中共同升起，百年的沧桑化成了共同前进的决心和动力。紫荆夜放，游子终归，母亲敞开永远温暖的怀抱，喜悦的哭声响彻大地，泪眼朦胧遮不住浓浓的思念，更掩不住对未来热切的希冀。

思一载屈辱事，载一国悠悠情

对香港回归的喜悦，不会冲淡屈辱，也不会被遗忘，它是悬梁之绳，是刺股之锥，鞭策着我们迈向光明的未来。

虽然香港的回归昭示着祖国的成长，可这远远不够！这二十年内，风风雨雨接踵而至，剧烈变化的内外经济环境考验着我们。尽管面对着重重阻力，我们并不害怕，更多的是历史沉淀的淡然和初生牛犊的勇敢。亚洲金融危机、全球经济增长、SARS等一系列变故被化险为夷，香港和内地都不断地成长，金融系统抗御风险的能力逐渐加强，成功的政策使香港发展成为世界金融中心，更成了国家强大的助力！

承载着沉重的历史，香港踏着浑厚的浪花勇往直前，四溅的浪沫折射出七彩的光，照向未来。

背负着晦涩的历史，香港仿佛张开的蚌壳吐露光辉的珍珠，放射出瑰丽耀眼的光芒。

铭记历史，我们必将创造辉煌！

升一面中国旗，傲一国民族情

从香港回归那一夜开始，一面国旗就升在国之脊梁上，鲜红的是奋战的血，是不羁的傲骨，是富强的未来！

香港回归的二十年，是重新起航的二十年，是创造奇迹的二十年，是开天辟地的二十年！

祖国富强，人民安居，"一国两制"之下，和谐如紫荆花般盛开在香港的每一个角落。这二十年中，我们创造了这样的盛放，并为每个盛放的人带来快乐与平安。

这二十年间，我闻到了沁人心脾的花香，看到了蝴蝶般飞舞的紫荆花，看到了绽放着的香港意气风发、斗志昂扬。新时代的阳光普照，紫荆花将娇美的花蕊朝向祖国微笑，看似坎坷的前进路途却笔直坚定，干脆的指向那灿烂千阳！我爱祖国，我爱香港，让我们共同用努力去创造明媚的未来！

缅怀历史 共筑中国梦

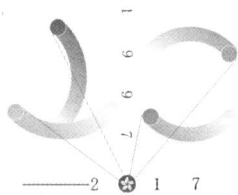

紫荆，紫荆

机电工程学院机械 1301 班　赵志峰

有人说历史易于遗忘，时间在不断飞逝，可是，血浓于水的亲情却在连绵，人们之间的故事也在延续。"我好比凤阁阶前守夜的黄豹，母亲呀，我身份虽微，地位险要。如今狞恶的海狮扑在我身上，啖着我的骨肉，咽着我的脂膏；母亲呀，我哭泣号啕，呼你不应。母亲呀，快让我躲入你的怀抱！母亲！我要回来，母亲！"七子之歌唱出了我们的心声，在1997 年 7 月 1 日，与祖国分离了一百多年的香港终于回到了祖国的怀抱。时至今日，一眨眼 20 年过去了。短短的 20 年，却见证着新的一代人的成长。在这里，我想记录下自己与"紫荆"香港——我的新居的故事。

"我也想去香港！"

香港好神秘啊，怎么才能去香港呢？为什么表弟能够去，而我却不可以呢？我依依不舍地目送姨妈和表弟走出家门。

我来自湖南省的一个小县城，姨妈远嫁香港，表弟便出生于香港。在那段时间，我在深圳读小学，表弟也和我们住在一块。虽然我们经常吵架，但是在一起玩耍的时间大部分是非常快乐的。每次表弟从深圳回香港，我总是依依不舍。我也十分想去香港玩，因为听大人们说香港多么繁华、香港人的素质多么高，香港社会人与人之间互相信任、相处和谐！

终于，在初中时，妈妈为了鼓励我在学校的优秀表现，决定带我去香港旅游两周。这时我才知道，想要去香港还要办这么多的证件，手续是如此的烦琐，远不像我们在全国各个城市之间出行方便。香港的生活和内地还是有挺大的区别的，这一方面是因为祖国地大物博，各地习俗本身就有不同的地方，另一方面可能还是由于一百余年的分离引起的吧。

首先，香港的车辆均是靠左行驶，汽车的驾驶座也是在右手边。香港最有名的当属别具特色的双层巴士了，当你坐在上层的前排时就像置身在一架低空飞行的小型飞机上。在香港，向来都是寸土寸金，据说：如果你想买一辆车，先准备好足够的钱买一个比车还贵的停车位吧！可是由此带来的一个好处是，香港的公共交通特别发达。地铁、大巴士、小巴士以及出租车，遍布于香港的大街小巷，以至于你会坚信：拥有一辆私家车甚至还没有使用公共交通方便呢。转念一想，还有什么必要在香港购买私家车呢？

香港地小，你几乎不可能找到像内地一样拥有四、五条车道的公路了。通常的景象是，公路就两条刚够一辆汽车行驶的双行线，然后两边就是人行道、楼房或公园了。令人称奇的是，香港几乎从不堵车，如此狭窄的道路，来往的车辆高速行驶，向来不会遇到停车减速的情况。

小区式的住宅为我们的生活提供了极大的便利。无论哪一栋楼，下楼后不远处都一定会配套有大型购物商场、公园、学校以及医院。每一处的楼梯旁边都会带有24小时运行的手扶电梯和直升电梯，有阶梯的地方就会带有供行动不便的人使用的通道；道路上方一般总是有天花板，虽然香港降水丰沛，但是你真的一年四季都用不上几次雨伞；公共卫生做得十分完美，一尘不染的街道和赏心悦目的生活环境让人在其中会过得十分愉悦。

第一次去香港，体验新的社会环境，除了周边常常会有的粤语，让只会说普通话的我略感羞涩以外，欢乐的迪士尼之旅更是让我这次短短两周的"旅游"十分完美！

人生的启程

我，经历中考的历练、高考的升华，考入了国内一流大学——中南大学进行深造；而表弟，生于香港回归的同一年，接受香港的教育，凭借自身的努力和出众的智力走入了香港大学。

香港不重视教育吗？肯定不是。否则它就不会拥有好几所世界排名前列的高等学府了。香港八所公立大学中，香港大学、香港科技大学、香港中文大学和香港理工大学各有各的优势专业与学科特长。在香港，从教育上就能体会它所崇尚倡导的自由与民主的精神。

在与表弟的相处中，我了解到香港的升学分三段：小学六年、中学六年和大学。他们是没有初中和高中的区别的，只有中一到中六。小升中有两个考虑尺度：分区入学和择优录取。也就是说：你只能选择你所居住的区里面的中学，在一个区里面的中学有优有劣，可根据你小学时的表现和你自己的意愿选择不同的中学。中学一旦确定，六年内原则上是不会再更换学校了。在这种情况下，也就不会出现诸如内地的衡水、黄冈之类的超级中学。我表弟的中学就是离他自己家最近的那一所。

姨妈是一名年薪过百万的优秀白领，在我妈妈看来他对表弟是疏于管教的，但是在我看来，这是对香港社会环境和教育质量的放心与认可。表弟所在的中学好几年都没有出现过考上香港大学的学生了，表弟在学校常居年级第一，也被他的老师寄予厚望。在香港的"高考"中，表弟不负众望，摘得魁首，进入港大读上了他最感兴趣的专业。

香港的学生到了中学六年级上学期，所有的课程都会完结，下学期就全部处于放假的状态：想考大学的同学在学校的指导下自己报名考试，安心备考，想参加工作的便放心地去找实习。我没有想到香港会以这样一种宽松的状态来冷处理大学的入学过程，相对于内地每年六月份的高考的那种紧张的氛围，简直有着天壤之别！

有一次，港大入学后一年的表弟和我谈及理想，说："有些人适合在舞台上备受瞩目，有些人适合在幕后贡献力量。社会上既需要舞台上的人，也需要舞台下的人！我对站在舞台上表演一点也不感兴趣，我喜欢在台下认真工作，做自己喜欢做的事情。"

什么是教育？我一个朋友说："我认为，教育就是要教会学生做他们自己，让'猫'成为'猫'，让'狗'成为'狗'……"他又补充道："在社会中，每一个人身上不可避免会负担着社会属性，在这种社会属性的要求下，怎么让自己成为自己，这是一个难题。"

遇见紫荆

2014年10月上旬，我的户口随母亲迁到了香港。现在，我到了北京的"紫荆园"里学习、探索，以早日适应未来研究生生活的节奏与方式，心里也牵挂着在南方"紫荆"工作、学习的亲人。国与家，现在与未来，其实是人与人之间发生的故事，离不开每一个单独存在的个体。人与人联系起来，便有了千丝万缕、剪不断理还乱的关系。对于我而言，我衷心希望祖国越来越繁荣强盛，每个人都能精彩地活着！我衷心希望，对于祖国的建设，我能够早日贡献出自己的一份积极的力量！我衷心希望，紫荆香港能长盛安康！

紫荆花又开

地球科学与信息物理学院测绘 1401 班　于雯燕

　　早春时节，紫荆花闻春而绽，艳丽的花朵爬满了树上的每根枝条。我与几位好友结伴闻香而来，为一睹芳容，也为能重温那份 20 年前的感动。那花有玫瑰一样的颜色和翩翩蝴蝶般的姿态，密密层层，满树嫣红。她们在风中轻轻摇曳，那绿叶是心形的，那就是她的心脏，里面是热血在奔腾。我们一行人错开熙熙攘攘的人群，于一棵树下席地而坐，感叹着紫荆花的姿容，分享起紫荆花的故事。

　　同行的一位香港友人为我们讲述了一个与紫荆花有关的悲壮故事。1898 年 6 月 19 日，丧权辱国的《展拓香港界址专条》在紫荆城签订，英国政府强行租借九龙半岛大片土地及附近二百多个岛屿（后称新界），租期 99 年。两个月后，英方不顾中国民众的强烈反对，在大炮的轰鸣声中，强行提前了占据仪式。数千名爱国群众揭竿而起，组成武装队伍，保卫自己的家园，并反攻了英国军营，重创了英军！但民众随后遭到了残酷的镇压，损伤惨重。劫变过后，村民们在桂角山修建了一座大型坟墓，将壮烈牺牲的英雄们葬在一起。后来桂角山上长出了一棵从前没有人见过的开着紫红色花朵的树，几年后，那种花开遍了新界山坡，灿若红霞，尤其是清明前后，花期最盛，像是对烈士的缅怀，于是民众将其命名为紫荆花。

紫荆花初开，小小的，却默默地记录着这个古老民族的屈辱史，她那若有若无的芬芳见证了许多，似在诉说着什么。

不久前，与导师讨论毕业去向，不经意地，谈起了当日所见的紫荆花。尘封的记忆被打开，李老师与我谈起当年只身前往香港求学的往事。纵使是当年，从湖南到香港的路途也不过是火车几天的行程。然而当时香港还未回归，留学之路便显得分外坎坷，李老师在香港停留了足足两年之久。李老师感慨当年，不仅护照申请、出国审批等手续纷繁复杂惹人心烦，那种在自己的国家求学却处处碰壁，被各种条件限制的感觉更是令人无奈。当等待了许久的李老师，怀着满腔的热血，历经种种坎坷后，终于踏上这片属于本国的土地时，却见到了——别国的国旗！他那一腔热血瞬间凉了不少。

戴着沉重的枷锁，那时的香港尚未得到自由，那时盛开的紫荆花汇聚了多少游子的思念才会那般鲜艳啊！母亲在期盼儿子回家，想得肝肠寸断；儿子在想念自己的母亲，想得泪眼朦胧。母亲期盼的目光穿过了一个世纪，送走了多少春风秋雨，才终于迎来了重聚的春天。

李老师专门向我展示了当年求学时的日记本。岁月斑驳，泛黄的纸张诉说着当年游子的心伤与见证香港回归时的激动。李老师的日记中记载，那一天，他与众多国人在广场上伫立，注视着五星红旗冉冉升起，内心甚是激动。五星红旗升到最高后，众人都是大笑着，泪水却止不住地往下流……李老师说那时每到周一，他天不亮便从实验室出发，坐好几个小时的公共汽车，前往广场看升旗，不为别的，就是开心！

我对香港回归那年其实并没有什么印象。但我依稀记得小时候有一件非常喜欢的毛衣，毛衣是黄色的底色，上面用蓝色的毛线织着"香港回归1997年7月1日"的字样，后面还有一朵鲜艳的紫荆花。那时候字还不认识几个，这件毛衣还是后来整理旧物时才发现的。仔细一想，母亲一个普通的农村妇女，便是今日都极少离开我们那个小县城，当时却专门织了一件庆祝香港回归的毛衣，那香港回归就定是件举国欢庆的大事了。

三十五年前，中国的那位伟人辩赢了强势的铁娘子，使香港在千禧年前回归祖国。美丽的紫荆花在风中飞扬，庆祝经历了百年沧桑的香港终于回到祖国母亲的怀抱；那回归的游子幸福和激动的眼泪汇成了对中华民族百年屈辱的追忆，聚成了对强大祖国的诚挚祝福！

这次去香港，短短清明假期，我们便浏览了各处风光。同我们一行人一样因纪念香港回归20周年而来的游客不在少数，但更多的还是来此"血拼"的青年靓女，他们享受着香港作为"购物天堂"给他们带来的快乐，享受着青春的潇洒。也是，随着大陆经济的飞速发展，人们生活水平的提高，很多内地人已把香港作为度假旅游的首选之地了，趁小假期来此购物或者游玩便显得不足为奇了。

回顾二十年来，风风雨雨不寻常。尽管国内外经济环境不断变换，但作为祖国不可分割的一部分，香港仍稳步发展，"东方之珠"仍在向世界展示其风采。香港民众的聪明才智和艰苦创业的精神是香港得以长盛不衰的力量之源；香港与大陆的友好相处，紧密联系，是香港长久发展的坚强后盾。久而久之，香港不仅能从国家的快速发展和繁荣富强中获得巨大的经济利益，还能从国家生机勃勃、百折不挠的进取精神中，获取自强不息的发展思路。紫荆花又开，其美亦如初，芳香如旧的紫荆花正以不同的姿态展示着香港的新发展，也预示着祖国的美好明天！

香港回归二十年，作为祖国母亲怀抱中一颗美丽的明珠，香港绽放的，是愈加绚丽的光辉。我们正在努力，为我们的祖国更加繁荣富强，为她能傲然屹立于世界强国之林。我们真心地祝福：香港，明天更美好！祖国，明天更美好！

一座城，一方人

湘雅医学院临床医学八年制 1402 班　蔡紫妍

在一个清晨，我踏上了前往香港的旅途。

渡轮在灰蓝色的海面上航行，船体劈开海波，翻滚起一簇簇白色的浪花。在地平线的尽头，有一座城市隐隐伫立在那里，被清晨淡金色的阳光温柔地包裹着。

二十年前，苟延残喘了九十九年的《展拓香港界址专条》终于走到了终点，英国人统治香港的时代结束，五星红旗在这片土地上冉冉升起。那时他们说，失去了大不列颠女王的庇护，香港将就此没落，再不复昔日的富裕繁华。如今二十年过去了，这片土地却不曾如他们预言的一般衰败，而是更加生机勃勃，如同区旗上那朵美丽的紫荆花，热烈而灿烂地盛开在中华大地的东南角。

香港，现代文明与古朴自然在这里完美地融合交织在一起，凝萃出这座城市独一无二的魅力。

维多利亚港湾是世界上最繁华的地带之一。海岸线上一座座现代高楼鳞次栉比，纵横交错着，将天空分割得四四方方，阳光照射在建筑的玻璃外墙上，反射出耀眼夺目的光芒。宽阔的水道上，大大小小的巨轮、渡船往来不绝，汽笛声与浪花声和鸣出一曲雄浑的交响乐。日出日落，一波又一波的旅人途经这里，欣赏它举世瞩目的美。

它的夜晚亦是不负世界三大夜景的美誉。当夜幕降临，地面上来自现代科技的光辉总能将城市的天空照亮。高楼的外墙上，彩色的 LED 灯在流光闪烁里排列成各种不断变换的图案。马路像发光的丝带一样在高楼脚下盘旋，汽车如同眼睛闪光的巨型甲壳虫，井然有序地列队爬过。水面上倒映着两岸的璀璨灯火，观光邮轮从灯影中经过，船身搅动一片波光粼粼。

这是一个美到了极致的港湾，无论是白昼的忙碌繁华还是夜晚的绚烂美妙。它以英国女王的名字命名，曾经被英国人占据以发展远东的海上贸易。而今，中国人拿回了属于我们的土地，这座港湾一如既往地发挥着交通要道的作用，香港的历史文化一直在这个港湾中流淌着，直至今日。

如果说维多利亚港如同一粒精心切割的钻石，完美地展现了现代城市文明，那么大屿山就是一块温润质朴的翡翠，极尽温柔地诠释了自然的纯粹。大屿山保留了自然最朴素优美的状态，静静地等待每一个在城市漂泊到疲惫厌倦的旅人来这里，抛下喧嚣和烦躁，让宁静充满内心。层叠起伏的山脉被茂盛生长的树木覆盖，自近至远渐渐被山间的云雾掩去苍翠的色彩，及至淡成天边的一抹烟青，与茫茫苍穹融在一起。山势不高，但延绵不绝，不想爬山的话，缆车是个不错的选择。坐在透明的车厢里缓缓升空，低头可见脚下绕山而行的海水，背后是与大屿山隔着一条河遥遥相望的城市，那种感觉仿佛自己是一只挣脱了城市束缚的精灵，正义无反顾地投入自然的怀抱里。

木鱼山顶有一尊中国航天科技部设计制作的世界最大的铜佛像，垂眉盘坐于莲花之上，俯瞰众生。佛像内的一口大钟每七分钟敲响一次，意喻除去人世间的一百零八种烦恼。这尊凝聚了宗教艺术与尖端科技的佛像每日都接受无数中外信徒的参拜，人们叩首祈福，祈求人生的安康喜乐。

佛祖赐予人的是内心的富足宁静，而这座城市的繁荣稳定，则是来自万千中华儿女的不懈奋斗。

一座城养育一方人，这座东方城市的美丽繁华离不开香港人的努力。每个被太阳唤醒的清晨，香港除掉霓虹灯的装点，褪去夜晚的神秘艳丽，倏忽间变得元气满满。路边的早餐店已经开张，炸两、肠粉热腾腾地出锅等待早起的食客。人们在闹铃声中匆匆起床，梳洗打扮后精神抖擞地出门上班。人群像潮水一样从各自的小家中涌出，空旷的道路很快被大大小小各色车辆塞满，地铁像个塞到爆满的巨无霸汉堡，把一波又一波的上班族送到工作地点。学校里传来琅琅读书声，医院的白衣天使尽心尽责地治疗每一个病人，写字楼里的职员噼里啪啦敲击键盘，司机开动满载货物的卡车……这座城市就像一个复杂精密的机器，每个人则是其中一个小小的齿轮，各自在自己的位置上做好本职工作。这座城就这样忙碌而又有条不紊地运行着。

忙碌的工作之余，休闲娱乐也是每个城市人生活的重要部分。二十世纪八十年代邓小平曾用"马照跑，股照炒，舞照跳"形象地向撒切尔夫人解释香港回归后的蓝图，在"一国两制"的基本国策下，香港并没有强行改变它原有的生活方式，而是在一个统一的中国里保留它的独特风采。九龙的娱乐会歌舞升平，香港马会更是成了全球规模最大的速度马竞赛营办机构之一。赛马日是一年中香港人最关注的日子，往往会买一注彩票观看几场比赛，即使工作忙碌脱不开身，也要守在电视机前聚精会神地观战，为自己押注的马匹加油叫好。

回归之前，想在马场内找到一位内地人都是困难的，而在香港回归二十年后的今天，赛马场内到处都是大陆游客的身影，马会已经成为大陆人来港旅游不可错过的景点之一，络绎不绝的游客也为香港马会带来了巨大的经济效益。而香港马会同时也将这份收益回馈给大陆，香港赛马会的慈善信托基金每一年都为赴港留学的内地学生提供不菲的奖学金，在汶川地震中，香港马会更是与祖国患难与共，捐赠了巨额资金帮助四川同胞重建家园。百年的分离磨灭不了港人对祖国的热爱眷恋，浅浅的海水冲不淡中华儿女血浓于水的亲情。这座城市与祖国大陆始终紧紧地联系在一起，不曾远离。

我在一个午后踏上归途，海浪在金色的阳光下跳跃翻涌，身后那座瑰丽曼妙的城市渐渐远去，在海的对面那片富饶广博的土地上，有千万座同样繁华美丽的城市正在一刻不停地建设着。紫荆花在祖国的东南角常开不败，而有一天，五颜六色的鲜花会开满中华大地的每一个角落，让世人都知道这个屹立东方千年不倒的伟大名字——中国。

香港、清汤牛腩和我

湘雅医学院临床医学八年制 1401 班　刘诗馨

那年我七岁，家里搬来了新邻居，是个纤瘦漂亮、眉目清秀的阿姨，说一口翘舌音的普通话，温温柔柔，自有韵律。幼时的记忆像幅蘸了水的宣纸画，已经褪色到斑驳不清，可说不清道不明地，对那位漂亮阿姨的印象却极深刻，不是外貌体态上的，而是那种带着味道的、清汤牛腩味儿的印象。

也许是因为清汤牛腩是那位漂亮阿姨的拿手好菜，每个月都少不了做上一两回。从下锅开始，绵长浓郁的香味儿就一缕一缕地钻出并不严丝合缝儿的大门，到中午放学回家时，整个楼道里都已经浸着这股子牛腩的香味儿。一进门，整个人都仿佛变成了那将要下锅的白萝卜，全须全尾地泡在这口炖着牛腩的大锅里，深吸一口气，感觉从头顶到脚趾甚至血液里，汩汩流淌着的都是牛腩熬出来的浓郁汤汁。只这一吸，手脚便都酥软掉了，从那时起我就知道，这世间真正能醉人的才不是酒，而是味道。

照例，每当这时候，我都要提溜着软掉的手脚，拼命一口气跑回六楼去，直到看到家里餐桌上放着一碗邻居阿姨送来的清汤牛腩，才能松下气来。

牛腩酥绵软糯，萝卜清脆鲜香，但最妙的还是要数那浓郁的汤汁，真可谓恰到好处，极尽妙处，少一分略柴，多一分则稍腴。小孩子爱偏食，剩饭是常事，唯有这碗清汤牛腩，我恨不得连碗都舔得干干净净，锃光瓦亮。

稚子懵懂记不得事，却能隐隐约约明白漂亮阿姨不是这里的人，她和我们不太一样，是来自一个很远的叫"香冈"的地方。于是，我在尚且不懂事的时候就已经有了点模糊的念头："香冈"特别香，"香冈"人做饭，好吃到连舌头都能咬掉。

后来，岁月晃悠着过去，漂亮的邻居阿姨搬走了，我也长大了，知道了原来是"香港"不是"香冈"，知道了那百年的苦难和枷锁，知道了"一国两制"和"资本主义"。可不知怎的，了解得越多，童年里那点缥缈的印象就越深刻。"香港"＝漂亮阿姨＝清汤牛腩＝童年的醉人香气，这样的定式深深扎根在脑海，不同于教科书上刻板的字眼，"香港"这两个字于我而言是亲近的、熟悉的，它代表着满足、喜悦和童年里那些喷香的美梦。

然而，那些年里，广阔的西北内陆并不了解那个千里之外的港岛是怎样的花团锦簇、盛世繁华，也不了解那里有着怎样积淀深厚的人文历史、举足轻重的影视文化、开放自由的社会风气……提起香港，那个和我们不太一样的地方，大家俱是陌生的。那时的互联网尚没有普及，任何关于香港的描绘，都只能靠自己猜测。

我小学同桌就是个中好手。那是个长不高的小胖子，曾绘声绘色地给我描述："香港街头都是金发碧眼的外国佬儿，老太太买菜都要用英语，楼房都有几十层那么高，黑帮老大遍地走，大明星都住在同一个小区，一般人根本去不了。"四年级的我表示格外震惊，还有一点微妙的敬畏：怪不得只有香港人能做出这么好吃的清汤牛腩，原来香港是这么厉害的地方。

彼时是香港回归第九年，这胖子是个矮胖子，对香港有诸多误解。

高中时这胖子长高了很多，趁暑假和家人去香港旅游，回来后煞有介事地告诉我："香港和我们大陆没什么不同，大家说的都是中国话，写的都是汉字，文化和历史都一样，审美和取向也差不多，街道都是干干净净绿茵茵，建筑也一样拔地而起直入云霄，原来大家都是一样的人。只除了一点，香港的美食真是中西合璧，让人流连忘返。"高二的我回想起童年的清汤牛腩，仍旧馋得直流口水，并对他的话深以为然。香港依旧那么厉害，却少了陌生和距离感。

彼时是香港回归第十六年，这胖子变成了高胖子，对香港充满向往。

高考毕业，这胖子竟然闷声不响地考到了香港大学国际贸易专业，临走前扬言要吃遍全港美食，看遍全港美景，替我寻到最正宗的清汤牛腩。

半个月前，和这胖子聊天，他已是一副港岛主人翁的样子，竭力邀我前去香港会师，并一一盘点香港好吃、好看、好玩的地方，中环及太平山、迪士尼乐园、海洋公园、浅水湾沙滩、星光大道、尖沙咀、铜锣湾……如数家珍。

彼时是香港回归第二十年，这胖子变成了高瘦子，自称半个港人。

童年时排排坐，在心底揣测港岛面貌的日子在脑海里渐渐远去，可清汤牛腩的香气萦绕却依旧如昨日般清晰。二十年回归，仿佛变了什么，又仿佛什么都没变。变了的是人心，没变的却是港岛。

香港，这颗祖国版图上最为璀璨的明珠，迈着坚定而从容的步伐，先走过百年沧桑，再走过二十年欣悦，一路走来，用勃勃生机和繁荣稳定告诉世人：

——明珠依旧，繁盛如昨。

梦行港岛

文学与新闻传播学院广电 1602 班　李方凌

　　小时候，在妈妈的口中，香港是个万家灯火、气象繁荣的梦幻之都。长大后，在公共汽车上响起的《东方之珠》里，香港守着沧海桑田永不变换的诺言。现在，我眼中的香港，洗尽了百年铅华，踏过二十年辉煌岁月，依旧在珠江口的东侧，迎接着一日又一日，自太平洋升起的光辉。

　　我从未到过香港，从未亲身感受过从维多利亚港吹来的南洋之风，但在无数小说、散文的字里行间，无数摄影、电视的音画交汇中，那不算大的港岛，总能在我的心中泛起圈圈涟漪。当我结束一天的劳累，在不大的小床上回忆思索，直到梦将意识抽离，仿佛穿过了一条长长的隧道，将我的身与心都带到了那个地方，那个我不熟悉却又无比熟悉的地方。

　　我梦到，在香港大学图书馆相遇日出，黑夜之后必有阳光。我仿佛在这里睡了一晚，后背的燥热促使我睁开朦胧的双眼，小小的单人桌上摆放着施叔青女士的《遍山洋紫荆》，前后两桌的同学似乎刚刚走进这里，一杯咖啡伴手，静静地翻开厚实的书卷。在这香港的最高学府，我试图在小说中寻找这座城市的百年风雨。那年开埠，他们一样闭塞，一样茫然，沉寂了千年的渔村迎来了西洋人的面孔，后来一切改变，商队、工业、君威与殖民，小小的港岛在高压之下渐渐成长，象征着屈辱的米字旗飘扬了百年。多少普通人像那《遍山洋紫荆》中的黄得云一样一步步摸爬滚打，可又有多少人能如愿地一点点站立，历史的大潮滚滚向前，中西方文化在这弹丸之地碰撞又融合。泛黄的书页里，沉睡着谁的结晶；厚重的书架间，留下了谁的背影；偌大的图书馆，又还有多少百年香港的风风雨雨被人书写记载。当漫长的黑夜走过，原来已到清晨，遥远的地平线上有阳光透过，初升的太阳在远处的高楼隐隐现现，伴随时针的走动而越来越多地把晨曦送往图书馆的各个角落。当米字旗落下的那一刻，风雨沉浮的香港终于"靠岸"。持续漫长的黑夜后，校园在苏醒，香港亦在苏醒，虽然期间有过沉睡，有过挣扎，但当太阳升起的那一刻，遍山的洋紫荆终于开放，她终于找回了曾经的自信与微笑。

我梦到，蓝天下的维多利亚港，金紫荆坐落在此，斗转星移二十年。苍苍的海水与天空在远方交织成一线，还是那盛开的金紫荆让人流连。我不记得自己怎么来到了这里，只觉得这里的风是如此柔和，裹挟着南洋的空气，特区区旗和五星红旗在这现代与历史沧海交织的地方随风韵动，这里，是金紫荆广场。各种纪录片里，这里是香港的象征，更是香港回归祖国的象征。游人们在这里来了又去，去了又走，定格时光的相片里，金色与蓝色相映，这是香港最美的瞬间。我靠在维多利亚港岸边的扶手上，静静地望着那金紫荆雕塑，任凭风拂起衬衣一角，思绪回到那年 7 月 1 日。庄严的典礼、鲜红的旗帜、振聋发聩的宣言，历史将香港带到了命运的新起点，金色的洋紫荆终于盛开在浅浅的维多利亚港边，它铭刻下曾经的苦难，守护着今后的繁荣；它承载了百余年的辛酸与苦累，又代表着今世香港的繁华与美丽。二十年春夏秋冬、斗转星移，无论经历了多少挑战，香港，这朵盛开的洋紫荆依旧没有褪色，她仍然拥有珠江边最亮眼的色调。当海风吹过了五千年，这里风采浪漫依然。

我梦到，夜幕降临下的轩尼诗道，灯火辉煌，繁华依旧，铜锣湾的丁字路口行人匆匆，不宽的路旁摩天大楼华灯初上，巨大的广告宣示着这座城市商业的繁荣与开放。路灯点亮，车水马龙，这一刻，叫卖声、喇叭声、游人聊天声、广告声，交织出一支盛大的交响曲。三岔口的另一边是渣甸街，高高的老楼，小小的店铺，随意延伸的霓虹广告牌，行人随意穿行，这种只有在二十世纪八十年代的港片里才能看到的场景，时光荏苒，卷着历史的古早味，与新香港一起迈入明天。夜晚仿佛才是香港的主场，不同于原来那风雨飘摇的黑夜，夕阳虽落，却带不走爱与温暖。香港的今日是高照的艳阳，香港的明日是华彩的灯火，象征着未来的绚烂之灯，点亮了香港的每个角落，亦点亮了香港的未来。铜锣湾的车流滚滚、霓灯闪烁，购物天堂的美誉享誉全球，金融中心的地位不可撼动，这艘不夜的航船背靠祖国，面朝大海。回归带给香港的是庞大的市场、无限的机会，还有坚实的后背。港岛不会止步不前，她仍向着新的时光不断前行。流光溢彩的香港、灯火阑珊的香港，这是新的香港、新的时空。

　　梦已至此，行走香港，望遍香港前世今生，站在历史的大潮上，无论多少风雨都阻挡不了她的前进。我们祈祷着、幸运着，珠江口东岸有这颗东方之珠，哪怕历经苦难，却也依旧闪烁，且会更为闪耀。洗尽百年铅华，走过二十年的荣光，身为华夏，生为华夏，生生世世。她展现着自信的微笑，在世界的东方，魅力四射，绚烂繁华。

　　梦醒，思回，新的一天到来，踱步到阳台上眺望南方，珠江口的香港依旧阳光明媚，梦幻迷人。

在那紫荆花盛开的地方

资源与安全工程学院安全 1501 班　刘业繁

维多利亚湾的海水涨了又退，退了又涨，跌宕千年。香港在数千年的风云中，与大陆密切相连，休戚与共。命途多舛也好，艰苦奋斗也罢，在这个紫荆花盛开的地方，如紫荆花一般勇敢坚强的人们，与大陆的兄弟姐妹，一起创造了这个国际大都市的昨天与今天，并将共同创造美好的明天。

母亲！我要回来，母亲！

1841 年 1 月 26 日，英国强占香港岛；

1842 年 8 月 29 日，《南京条约》，被迫割让香港岛给英国；

1860 年 10 月 24 日，《北京条约》，被迫割让九龙半岛给英国；

1898 年 6 月 9 日，《展拓香港界址专条》，英国强行租借整个香港地区，租期 99 年；

1941 年 12 月 25 日，日军侵占香港，开始了三年零八个月的统治；

1945 年 9 月 15 日，日军投降撤港，香港被英国重新管制；

1970 年至 1980 年，香港飞速发展，成为全球贸易、金融、航运中心；

1984 年 12 月 19 日，中英两国签署《联合声明》，决定 1997 年 7 月 1 日中华人民共和国对香港恢复行使主权；

1997 年 7 月 1 日，中国政府对香港恢复行使主权，香港特别行政区成立。

一个一个的时间点，冷冰冰的，却能读出温度来。一个半世纪，香港从未忘记母亲。无数仁人志士，在这块殖民地，孕育了民族独立与复兴的理想，他们或苦苦思索，或以笔代兵，或实业救国，或策划革命，成为辛亥革命、抗日战争以及解放战争的坚实后援。中华人民共和国成立后，大陆与香港血脉相连，互帮互助，共同进步。相互扶持中，香港迅速发展为国际大都市，内地改革开放的步伐也越走越稳健。

1997 年 7 月 1 日，交接仪式上，在飘扬的五星红旗和紫荆花区旗下，当时的中华人民共和国主席江泽民动情地说："这是中华民族的盛事，也是世界和平与正义事业的胜利！"

百年耻辱今始偿，一个半世纪的努力，香港，这块神奇而充满魔力的土地，终于回到了母亲的怀抱。"一国两制，港人治港"，制度的先进性决定了发展的持续性。从扑向祖国母亲的怀抱那一刻，香港就一直在飞越。

紫荆盛开

1997 年 7 月 1 日凌晨，香港所有和港英政府有关的标志物全被中华人民共和国香港特别行政区的标志物所代替。

这就是香港回归吗？远不止。

制度能约束一个人，而真情能打动一群人。

就在回归后的第二天，一场席卷亚洲的经济风暴骤然登港，只一年时间，香港的恒生股指由 16673 点骤跌至 6000 点。股市波动心惊肉跳，在中央政府的支持下，香港特区政府决定对国际炒家予以反击，香港金融管理局在股票和期货市场投入庞大资金，成功击退炒家，绝处逢生。

2003 年，"非典"登港，这场搏命之战，尤为艰险。灾难带给香港人的不只是悲痛，更加强了香港人团结互助、共渡难关的凝聚力和信心。在特区政府的带领下，社会各界全力投入抗疫行动，持续数月的疫情终被控制。

2005 年，在中央政府的支持下，由香港前特首董建华发起的一个名为 CEPA 的协作体系建立。与内地血脉相连的自由贸易协议的实施，是香港经济再次腾飞的起点。

一次一次的磨难，一个一个的瞬间，一点一滴的温情，成为香港人挥之不去的情结。经过挑战，政府全面站稳，民众对政府的信心倍增。他们明白，背靠祖国，才能走向世界，香港的利益和命运与祖国紧密相连。

正如《香港十年》中所说，"对于'一国两制'的香港特区，不论是蹒跚起步的初期，还是面临困境和考验的时刻，中央政府都给香港带来信心、勇气、支撑和荣誉，带来一个大国的风范和对世界的承诺"。

一晃二十年，沧海成桑田。二十年前，开始掌握自己命运的香港人，在国家的关爱下，书写着新的未来。

据不完全统计，香港的测绘工作人员每年都要摄制超过 1000 幅最新的摄影照片以及更新超过 11000 多张数码地图。在香港这个充满活力的都市里，现代建筑层出不穷，每天都能带给人们新奇陌生的景象。现在的香港管辖陆地面积 1104.32 平方千米，其中填海土地 30 多公顷。相比二十年前，如今的维多利亚湾，高楼林立，虹桥飞越，是名副其实的沧海桑田。

回归后，香港与内地的合作也越来越频繁。据统计，深港两地之间来往人数每天已达 30 万人次，香港与内地各个层面的交流、融合与发展使得两地更加繁荣。CEPA 建立以后，香港三年内经济增长 25%，平均每年经济增长值为 7.6%。在大好的经济形势下，香港股市也趋于稳定，香港股票市场按市值计算已排名世界第三；旅游业成绩也极为可喜，早在 2006 年，来香港旅游的世界游客，总开支已达到 1000 亿港元，大大地推动了香港经济的发展；贸易物流年 40% 的增长量远远超过经济的平均增长量。作为世界金融、贸易、航运中心，香港名副其实。

紫荆花期又至，"十三五"规划也已至中期，搭上祖国经济快车的香港，金融、物流、旅游、资讯等服务业进入黄金时期，香港正慢慢成为中国经济增长的引擎，香港未来的道路与中国的发展息息相关。

我爱你，中国！

2007年底，深圳地铁与香港九广铁路实现接驳；

2016年11月18日，广深港高速铁路香港段宣告全线贯通；

2016年9月27日，港珠澳大桥主体桥梁正式贯通。

越来越多的通途宛如血脉般将香港与内地紧密相连，血浓于水的生命背景和日渐浓烈的中国情结，将香港和内地紧紧连接在一起。国家的支持，中国的崛起，是香港回归二十年不断腾飞的动力，香港的前途不可限量！

在观看《香港十年》时，曾荫权先生曾经有三问让我印象很深："香港与内地交流是否越来越紧密？香港对国家及中央的认同是否确实越来越高了？香港是否还有保持它独特的制度没有改变呢？"

答案当然都是肯定的，动感、时尚、活力仍是香港的关键词，拼搏、开拓、自强仍是香港精神。香港回归的意义不只是一雪前耻，不只是促进现代化建设，更重要的是情感和文化上的认同。

现如今，这个紫荆花盛开的地方，在祖国和平兴起里担当重要角色，在国际社会发挥积极的作用，是令中国人引以为傲的世界都会。香港的长盛不衰是全世界的一个奇迹，是"一国两制"的伟大胜利！

一个举世独创的制度，在二十年间让香港更加繁荣。

七千多个日夜，印证了"一国两制"所凝结的全部智慧。

香港所有的力量与信心、光荣与梦想，都源于一个强大的后盾——中国！

我爱你，中国！

来自黄土地的牵挂

交通运输工程学院交通运输 1403 班　黄会敏

"我孙女是香港回归那年生的，1997 年！"

爷爷总爱这样介绍我的年龄，似乎香港回归比他最疼爱的孙女要有纪念意义得多。那时候才小学语数英启蒙的我，实在不理解爷爷对台湾过分热忱的关注和对港澳回归一点即燃的振奋，只想着它们都是和他八竿子打不着的地方，他老人家操的哪门子心哟。

爷爷是个再普通不过的庄稼汉，面朝黄土背朝天，兢兢业业地耕耘着几亩良田，每日为膝下三儿两女的生计操劳奔波，因识得些许字，步入晚年后对知识分外崇尚。因此打小成绩优良的我，总能多得爷爷几分偏爱，在哥哥这个长孙面前都有几分争宠得胜的洋洋得意。万万没想到的是，我顺风顺水的孩提时代居然会折在一档半小时的新闻栏目里——《海峡两岸》。

那时爷爷已经七十有余了，听力严重下降，和爷爷交流必须靠吼，但吼得厉害了总有种对爷爷不敬的别扭心理，嗓子也累得慌。一来二去，爷爷的世界变得狭小安静起来，只是目光慈爱地看着家人嘴巴一张一合，我们笑，爷爷也跟着笑，快乐似乎来得毫无道理。

儿孙不在身旁的时候，可以调成大音量的电视机便成了爷爷消遣时间的重要伴侣。一台电视，一副老花镜，一把旧竹椅，一碟花生，为听清楚电视声音前倾而坐，一个午后就这样怡然溜走。尽管如此，在我要求看动画片时，爷爷总是笑着把我抱在怀里逗弄几番就把电视让出来，还不忘拿出零食供我享用。

对我百依百顺的爷爷突然和我抢电视看！小小的我既震惊又委屈。我向来不爱哭闹，却坚持气鼓鼓地拦在电视机前瞪着爷爷，企图唤回他对乖孙女的疼爱。然而，那张记忆中从来眉目慈祥、和蔼有加的脸庞却严肃了起来，声音也变得郑重严厉：“那是中国顶顶重要的大事，你的动画片换个时间看！”

我被爷爷陡然的严厉唬住，委屈得红了眼眶，但为了少错过一分钟心爱的动画片，没骨气地熬到《海峡两岸》播完，只懵懂地记住了出现频率最高的“陈水扁”“马英九”和一种独特的说话腔调，不禁幽怨：一点趣味都没有的节目！

次日，仗着爷爷年纪大只会操作遥控器上的换台功能键，我偷偷把电视换到播放《海峡两岸》的中央四台，调成静音模式，骗爷爷说：“你这个台不对劲了，没声音。”爷爷将信将疑，让我换到别的台试试。一换到别的台，我立马取消静音模式，为爷爷专门调试的特大音量又传了出来，震得我耳膜生疼，却忍不住暗暗得意：没声音你总没兴趣看了吧。

然而失望来得猝不及防。随着《海峡两岸》节目片头播出，爷爷果断地不再纠结于此，利索地坐回那把老式靠背竹椅，身体保持前倾，眼睛隔着老花眼镜胶在电视屏幕上，依然看得浑然忘我、津津有味……

和爷爷的电视机抢夺战，我虽然不甘心也只能完败退场，大概是因为对动画片的热忱终究输给了爷爷对海峡那一头的牵挂。

后来上了初中，在历史课的重现下，只为学业发愁、不知家国之重的懵懂孩子，不禁为那段列强炮轰下山河破碎、丧权辱国的峥嵘历史愤懑心酸，为港澳回归一雪前耻、祖国统一大业更进一步欢欣鼓舞。班上生于1997年的孩子，也忍不住挺直脊梁："我是香港回归那年生的！"稚嫩的脸庞，蕴藏着和爷爷相似的骄傲。

我问爷爷东方明珠荣归究竟是何等景象？

爷爷老态的面容生动起来，眉梢止不住地上扬："那时候啊，新闻联播每天第二句话就是距离香港回归还有多少天，人们跑到街上游行庆祝，逢人就说香港，街上放的歌都是《东方之珠》和《明天会更好》，比过春节还热闹，都在庆祝这个伟大的胜利，革命的胜利啊！"

再成熟些步入高中，钓鱼岛事件传来，少年书生意气难平，满腔热血，目光热切地挂念那相隔万水千山的岛礁。从此文章中字字激扬，句句愤慨，坚持每晚读报时间齐唱《保卫钓鱼岛》："赶走贪婪凶残的强盗，捍卫我们美丽的家园，夺回被抢的珍宝，保卫钓鱼岛！"嘹亮歌声中，我似乎懂得了爷爷的坚持与牵挂。

平凡如中国数亿农民之一的爷爷，普通如亿万学子之一的我，没有洞悉诡谲政治的犀利眼神，没有潮弄风云经济的覆雨手腕，置身于大千社会中微不足道，融汇于历史长河中掀不起波涛，心中却腾起一股不可估量的力量撑起脊梁，我们是十四亿分之一，汇聚成泱泱大国坚不可摧的城墙，护我祖国疆土，虽万水千山分毫不让；护我同胞，虽素未谋面一展赤诚怀抱！

影楼

机电工程学院机械 1612 班　陈姗娜

1988 年夏

街上熙熙攘攘，人来人往。头发蓬松的女人们伛着背、负着褴褛中的小孩，一手提着菜篮，一手牵着五六岁大的小孩，张望着想看些便宜点的物事，或是时令鲜蔬，或是针线布料。绿皮双层电车时而呼啸经过，富贵人家的小轿车穿来穿去。

离街区不远分落着几处居民区，古香古色的小楼、西洋式的小楼。空气中有鸡蛋仔的香味，也有汽车尾气浓烈的味道。

这是刘老板拍摄的照片。

刘老板开着一间影楼。二十世纪末的影楼还算是新兴起的，时常有人进出这不大不小的影楼。刘老板身材高大，总是穿着熨烫妥贴的西服，鼻梁上托着一副黑框圆眼镜，梳着用摩丝定型的头发。刘老板是土生土长的香港人，不过举家搬到小楼也是不久前的事。

从影楼的门面出去就是大街，沿着大街到街角不过百来米的距离。流浪汉王老伯就住在街角的角落里。没人知道他漂泊到这片土地有多久了，只知道他平日里靠拾捡东西、打零工过日。王伯和刘老板都是谦和的人，都是一条街的人，在刘老板定居后便彼此熟识了。

刘老板知道王伯为人率直，不愿谄媚，也因此丢了好几次好工作。

小楼外有一棵老树，午后蝉在那里不断地鸣叫着。刘老板和王伯纳着凉，闲谈着。

刘老板忽然问道："王伯，你老家是哪里的啊？"

王伯回答道："大陆。"王伯顿了顿，吐了口烟。

刘老板沉默，王伯续道："来这边揾食很久了。"

刘老板注意到了"揾食"这个词，心想：王伯真的来香港很久了。

1997 年春

这年重润 4 岁，他喜欢滚铁环，这是他的游戏。

刘老板坐在木藤椅上，听着电视的新闻，满心期待着 7 月 1 日的到来。

刚在院子里玩完铁环的重润满头大汗地跑了进来。"阿爸，"重润叫道，"阿爸。"刘老板笑得咧开了嘴，抱起重润，让重润坐在自己大腿上。重润乐呵呵地，刘老板也是。重润注意到刘老板摆放在桌上的铁盒子，伸出肉乎乎的食指指着问道："阿爸，那是什么？我要看。"刘老板笑道："那是阿爸的宝贝哦。"刘老板打开锁，从铁盒里拿出一叠相片，一一道来："这是你啊，刚开始玩铁环还不大会玩的时候，那时候你老是急得想哭。""这是 1985 年中英联合声明发布后照的，你看，大家都很高兴呢。""这是……"刘老板饶有兴致地讲述着，他知道重润也只是好奇而已，并没有多大在意，毕竟重润才 4 岁。

2010 年夏

重润高中毕业，他想进城打工，他自己也说不清什么时候开始就有了这种想法，或许是看着特地来刘老板的影楼拍照的人越来越少的缘故。

重润向刘老板说了他的想法，吞吐地解释道："生活提高了，现在家家都有照相机，继续守着影楼，或许不大景气。"

刘老板说道："你还记得以前的邻居王伯吗？我不想让你也和他一样为生活四处漂泊。"

重润道："阿爸，那是过去，现在香港更加繁荣了。"

刘老板不语，楼外的夏蝉又一声长鸣，打破静默。"好。"刘老板这才说道。

2016 年冬

刘老板没有挨过这寒冷的冬天，于是重润再次考虑着影楼的事。

重润坐在那仍旧带有淡淡芳香的木头的味道的藤椅上，静静思考着。隔壁退休不久的李大伯来小楼找重润说话，又问了问重润这几年的生活状况。重润在刘老板逝世前就回到了小楼照顾刘老板，重新拜访了以前的人家，认识了新的街坊邻居，李大伯就是其中之一。

李大伯忽然望见自己八岁的孙子站在自家门口津津有味地看着手机，白白嫩嫩的小手轻触着屏幕，小嘴咧开着。"现在的香港真好，比以前好多了。真是繁荣了啊！"李大伯感叹道，"以前我们顶多也只是玩玩石子，那时候玩这个就很快活咯。"

重润笑道："我那个年代还是有铁环可以玩的。"

李大伯道："是啊，生活越来越好咯。"

李大伯走后，重润找出了那被他遗忘好久的铁盒，之前谈话中提到了铁环，就想起了这个铁盒，他依稀记得里面好像有张自己在玩铁环的照片。重润打开铁盒，里面整齐地放满各种大小的照片。重润一张一张地看，借以怀念他的阿爸。

他看着阿爸的宝贝：他记得的，他不记得的，他玩铁环摔倒的，1997年香港回归街坊聚在一块庆祝的，不知名的小巷的，生活的……他体会着阿爸的过去，也渐渐地理解了他阿爸放不下影楼的心情。

隔日，李大伯发现影楼又开门了，好奇道："重润啊，你要继续刘老细的影楼？"新的老板微笑道："是啊，李伯。阿爸他记录了各式各样的香港，只是他还没有完全地拍下现在这繁荣的香港，我想替他，也为我自己，记下这繁荣的香港。"

东方之珠，我的爱人

法学院法学 1604 班　薛天涵

> 小河弯弯向南流，流到香江去看一看，东方之珠
> 我的爱人，你的风采是否浪漫依然……
>
> ——题记

位于珠江口东侧，背靠祖国大陆，面朝南海，为珠江内河与南海交通的咽喉，南中国的门户；又地处欧亚大陆东南部、南海与参湾海峡之交，是亚洲及世界的航道要冲，这颗我国南方靠海，承接它特殊的过去，怀抱着昌盛的未来，如紫荆花迷人盛开着的美丽珍珠，便是香港。时至今日，午夜梦回，我仍能清晰记起登上太平山顶俯瞰万家灯火、沿尖沙咀海滨花园踱步的光景，以及不论日夜都灯火辉煌的维多利亚港，其壮观与动感，是我记忆中的香港。时光荏苒，1997 年至 2017 年，20 载光阴穿过，香港回归祖国已有 20 年，超过我的年岁，从最初的陌生到现在的不可替代，今日的香港，为我带来的不只心动，还有铭记与路途。

回望来时路，我想从香港的叮叮车谈起。去过香港的人应当都知道，有一种香港声音叫"叮叮"。叮叮车在1904年设立，直至今日，经历110年的淬炼，承载过无数的观光客，成了香港最具代表性的城市景观之一。叮叮车是世界上最古老的有轨电车之一，因为行驶缓慢，所到之处皆可听见车轴与轨道摩擦发出的哐当哐当的声响，每当停站必先发出叮叮叮的提示音，所以香港人将其称为叮叮车。历经百年的叮叮车，也曾经遭受过质疑，香港政府为了提高香港岛内土地使用率，一度准备取缔叮叮车，但却遭到市民强烈的反对，因为除了高普及率、车价便宜外，叮叮车还代表着港人生活记忆的一部分，象征现代化下的香港与传统的强烈对比。在港人的坚决反对下，叮叮车得以延续至今。香港电车友会长李俊龙曾表示，叮叮车面对很多挑战，当年地铁通车，很多人怕叮叮车被淘汰，一些非官方投票的结果显示，市民欲保留这种交通工具。叮叮车属于西方文化，传入香港后已成为香港的一部分，这也是香港殖民文化本土化的一种重要表现。在香港街头漫步，你会强烈地感受到其建筑风格与内地的迥乎不同以及文化表现方式的巨大差异，这一切，与香港的特殊历史紧密相关。从1842年《南京条约》签订开始，香港在炮火中不断被割让，一步步沦为殖民地，香港地区被英国逐步侵占的过程，也是近代中国社会逐步沉沦的过程。

　　香港问题是19世纪英国政府实行侵华政策的产物。改革开放后，随着我国综合国力的不断增强，国际地位的提高，中国人民更加强烈地要求收回香港。为实现上述目标，邓小平提出要按他为解决台湾问题提出的"一个国家容许两种社会制度"的方式，采取特殊方式收回香港。1984年12月19日，两国政府首脑在北京正式签署了中英《联合声明》，庄严宣告：中国政府将于1997年7月1日对香港恢复行使主权，英国政府于同日将香港交还给中华人民共和国。

　　再看今朝，风雨过后的20年，2017年3月26日上午9点，香港特别行政区第五任行政长官选举第一轮投票启动，本届行政长官选举共有三位符合资格的候选人。其中唯一的女性候选人林郑月娥，以777票赢得选举。这也意味着，香港即将迎来回归以来的首位女特首。这位政坛的"铁娘子"够坚强、有原则，2014年，香港发生非法"占中"事件，79天里，中环陷入混乱与无序。作为政务司长的林郑月娥率领政府官员，直面占中人士，直言不讳地批评"占中"名为争取民主，实为乱港之举。面对乱局，力挽狂澜，"将竭尽所能维护'一国两制'，坚守香港的核心价值"的林郑月娥又一次让我们对香港的未来充满希望。

作为一名法科学生，我想在香港回归祖国20年之际着重探讨香港的法律问题。这些年，我也关注到香港法律制度在国际化潮流中日益健全完善。香港是世界上第一个正式实施中英文双语的地区，这是历史性的创举。纵观香港双语立法的发展脉络，20世纪70年代香港兴起"中文成为法定语文运动"；中英《联合声明》签署后，香港律政司署宣布，要把所有的香港成文法例陆续译成中文；1989年4月，立法局正式通过第一个双语条例——《1989年证券及期货事务监察委员会条例》，这是香港立法史上的一个里程碑。香港的双语立法计划分两方面进行，其一是以双语制定新条例的工作，其二就是将现有的条例（当时共31册的香港法例）翻译成中文，条例的中英文本同为真确本。为了加快宣布中文真确本的程序，1994年6月，律政司向立法局提交《1994年法定语文（修订）条例草案》，该条例旨在把原先只以英文制定的条例的中文本宣布为真确文本的程序简化。时至今日，中英双语共存的现象在香港法庭上仍然存在。我认为，双语法律在香港的存在能提高我国法律的国际化程度，通过与内地的访问交流有助于推进全国法律英语水平的提高；再者，香港的特殊历史背景以及长期殖民状况要求我们在短时期内必须支持并推动双语法律的发展，但在未来的法律发展过程中，希望能以教育、感化等较为柔和的措施改变英语所占的最具权威的地位，尽量推进香港与内地法律的高度有效接轨，逐渐打破在法律文化上存在的隔阂。

香港特别行政区（香港特区）的法律制度牢牢建基于法治及司法独立的精神。基本法已为香港特区订下宪制框架。根据"一国两制"的原则，香港特区的法律制度以普通法为依归，并由多条本地法例作补充，与中国内地的制度截然不同。多年的英国政府管辖以及回归后祖国投入巨大力量的重建，帮助香港形成了成熟的法治社会，法律意识深入香港民众之心，这些都很值得内地法治建设借鉴，期望能通过两地不断访学交流，磨合磋商，在法治建设上实现双赢。

当然，在 20 年繁华之景的背后，香港也存在许多问题值得我们思考。近年来，香港问题持续升温，在香港，民间出现了一种要求保留香港政治、经济、文化独立的热潮，我们称之为"港独问题"，包括前段时间令人唏嘘的"占中问题"也反映了不同意识形态影响下国内的不安定因素；再者，据报道，香港出生的无国籍难民儿童人数日益增长，在过去两年中寻求庇护的人数不断攀升，这造成了香港巨大的经济负担和秩序不稳；另外，香港经济近年来增速放缓，陷入瓶颈……这些问题一定程度上影响了香港自身的发展和与大陆的友好往来，但我相信，在双方共同努力下，这些问题在不久的将来都将迎刃而解。

20 年弹指一挥间，1997 年香港回归之时我还未出生，如今 20 个春秋过去，感叹香港在祖国的怀抱中努力而个性化地成长着，我记得的不只是香港维多利亚港璀璨的夜景，不只是香港鳞次栉比的高楼大厦；我还深深感受到了香港人民的亲切热情，香港文化、经济的繁荣，政治的富强。香港，是中国梦不可缺少的一部分，作为一名法科学子，我希望将来能更加深入了解、学习香港的法律，对比研究，不断推动我国社会主义法制建设。东方之珠，我的爱人，愿你将来风采依旧，愿你永远璀璨夺目！

香港，离我不再遥远

数学与统计学院统计 1601 班　魏莹莹

从前的我囿于卧室的小小天地，没有感受过太多的地区差异，总是通过几十厘米的电子屏幕窥探这个世界。考入中南大学来到湖南长沙，才是我这个北方人第一次踏入祖国的南方土地。

对我来说，香港，是只存在于历史书、影视作品、新闻和同学们的口中的。之前听去过香港的同学讲起那里时，我总是充满了兴趣，忍不住让他多讲一点、再多讲一点。香港作为中西文化汇流的聚点，高度的文化差异使香港成为国际性的大都会。那是一片多么繁华的地方啊，中外文化在那里交汇，各国人民和谐相处。那里包罗万象，那是个浓缩的精华的世界，是繁华热闹的不夜城，更是我一直心心念念向往着的万象之都。

高中的英语老师曾经向我们讲起他之前考上香港大学的学生，在他的口中，我第一次感受到在香港学习生活有着和内地不可比拟的优越性。尽管高考时我因为分数不够没能考入香港大学，但是，仍十分感谢中南大学——这个容纳了来自世界各地的同学们的校园，让我有机会离香港更近一步。

大学里选篮球课的女生总是特别少，我们班算上我也只有五个女生。在练习时我恰好和一个长相很清秀的妹子一组，她话不多，扎一个简简单单的马尾，人高高瘦瘦的，从她身旁经过时，还总是有一种淡淡的清香味，第一节课就给我留下了深刻的印象。从她的口音能听出来她是南方人，像广东人却又总觉得还有些违和感，直到一次课中休息时，我们五个女生围在一起聊天，大家各自报家乡才知道，原来她是香港人。从没去过香港的我对香港一直有一种莫名却又强烈的执念，在她说出她来自香港时，我的眼睛都放起了光。那可是我梦中的香港啊，在那里生活该有多幸福啊。我不好意思去直接向她询问她之前的生活，却又不甘心只从电影电视和同学们的口中了解这片我一心向往的胜地。下课后我悄悄地点开她的QQ，想一探究竟，结果却一无所获。于是，我总是默默地观察她，默默地记住她衣服书包的牌子，默默地留意着她的小动作，仿佛从这些细节中就能窥视到在那片土地上的人们是怎样生活的。

命运中，我和这个女生的邂逅却不止于此。不知从哪一天开始，这个女生和她的朋友成了我兼职的店里的常客。她们用流利的粤语相互说笑，那语言的韵律与音调让我向往，尽管我一个字也没听懂，但是语言的屏障却没能阻挡我们之间信息的交流，我仍能满满地感受到她们语气中的快乐。我开始对粤语感兴趣，只要遇到会讲粤语的人，我就充满向往地表达一番羡慕之情，也趁机学习几句粤语，只为离那梦中的香港更近一步。

我是那么好奇香港的一切啊，哪怕只是一些琐碎的生活片段，也令我无限向往。离长沙不过八百多公里的距离，我却总觉得那么遥远，触不可及。直到体育课上与这个女生的接触，我才渐渐地感受到，香港，是可以想象的、真真切切存在着的。那里的人们，也和我们一样，每天都在过着自己的生活。或许我们有着不同的语言、不同的气候、不同的生活方式，但这一切好像已经变得可以想象了，那个在我脑海里模糊的城市影子也渐渐清晰了不少。香港啊，离我已不再那么遥远了。

多么希望有一天我也能踏上那片土地，去真正体会那里的风土人情，感受那与我过去的十多年生活所不同的风俗文化，经历他们所经历的，感受他们所感受的。我热爱这片土地，热爱这片土地孕育出来的万事万物。我衷心地希望香港能够越来越好，也感谢香港回归这二十年的时间里为祖国带来的繁荣昌盛。当我真切地体会到了这份强烈的感情时，才知道中国是一个多么神圣的名字。

他是香港人

湘雅医学院临床医学八年制 1303 班　段佳佳

太阳毒辣，眼看脚旁边的杂草快要被我碾出水来，二伯和廖大伯到底还要说悄悄话到几时？

这些天很怪，田间地头听到的都是"香港""回归""姓廖的"等字眼，听妈说，廖家碰到了好事。不过，穿的这一身白 T 恤加西装裤，除了裤子卷起来有些皱之外，绝对是我见过廖大伯最整洁挺拔的时候了，不像是要下田干活。相比之下，二伯身上皱巴巴的长袖外套，裤脚只卷起了一只，还戴着草帽，俨然就是要下田的样子，一只脚早已踩进松软湿润的田里，奈何廖大伯的话怎么也停不下来。左盼右顾间二伯就和我对上了眼。

"二伯，您在这干吗呢？嘿嘿，廖伯伯好！"快步走上前，我赶紧招呼。

"没干吗，还不是廖伯伯想不通事，硬要拉着我讲，还要求我小点声，哎呀，又不是什么大事，都已经回归了，是一家人了！放宽心！"二伯大声地说着，卷起裤脚往田里走。

廖大伯脸皮有些僵硬，转身走上去村庄的大路，裤脚小心地放下来，掸了掸灰，仔细地扯了扯，确定平整了，扭过头对我说："你读过书，知道香港是什么情况吗？"我点点头："知道一点，香港回归了，还有'一国两制'。""这个我知道，电视上有说，香港回归了，可是宁宁……"廖大伯语调颤抖，还没说完就走了。

宁宁，即廖宁，是廖大伯的女儿。廖大伯喜吉利，廖大婶生了一个儿子后，就想再生一个女儿，凑成一"好"字，直到生了五个儿子才得来一个女儿。据说，廖大伯曾想过按这个规律来的话，廖大婶再生肯定就是女儿了，可以"好"字成双，然而，一天晚上摸黑回家后，随便一脚就能踩着孩子，才发现原来屋里连走路的地方都成了人睡觉的地方，后来也发现一天到晚小孩子吵得白天农活都干不了，少了廖大婶这个劳动力不说，就连自己也得搭进去，廖大伯就赶紧收回了念头。

因此，宁宁从出生起便显着一股特殊劲，自小家里六个男人宠着，没人敢打她、骂她，活得跟个公主似的。我还以为，离开家乡的水土，宁宁这一身的特殊劲便如无根之花、无本之木，慢慢就枯死、散尽了，没有想到，宁宁俨然有将这股特殊劲冲出国外的势头。

那是1993年的春节吧，村里很热闹，这热闹显得很不一样，怎么说呢？大约是叫国际范吧，乡里乡亲见了面忽然就要拥抱了，还隔老远来个煞有其事的握手，脸上笑意满满，脚尖却不由自主地刮刮地面，蹭蹭小腿。村里闲谈地点从固定的小卖部门口也心照不宣地移到了廖大伯的家门口。大家只是望望，随意地，透着好奇、谨慎。

事情很简单，就是这一年的春节中的一天，腊月二十八，宁宁带着男朋友来家里了。女大当婚是常理，但是，

他是香港人，

他是香港人，

他是香港人！

消息在不大的村子里流传，不到半小时，廖家门口就站满了人。"他"从此便成了专有名词，只指宁宁姐的男朋友。

155

本来，廖大伯不知道这个事的，听他口音以为是广东那边的，不以为意。而且，带男朋友回家不是什么大事，虽然在正式过年前带过来，和还算是陌生人的他一起吃年夜饭有些难受，但稍微忍耐一下还是可以过去的。宁宁却没有廖大伯这样一副好耐心，也许是想着趁兴好办事，吃年夜饭正是其乐融融的时候，就表达了要和男朋友共度一生的决心。廖大伯心下很酸，在酒醉微醺之际正考虑要不要艰难点头时，宁宁的一句"他是香港人"成了一服相当有效的醒酒药。"香港是什么地方？外国吧。还是中国的？本来你嫁到广东那边我就不同意了，你还想嫁到国外去，谁给你的胆子，长这么大是看没人打你你就皮痒了是不是？"气愤之下，廖大伯拿出对付儿子们的架势对着自己的女儿。宁宁愣了，顿感委屈："我说了他是外国人吗？他是香港人，您懂吗？是香港人，不是外国人。"宁宁姐的辩白让廖大伯一阵头晕："好好，那你说，香港人和外国人有什么区别？"回应还没等到，廖大伯就"晕"过去了，或者说睡着了。我妈说，那是给的惊喜太大吓着了。

廖家年夜饭的场景除了廖家人其他人都无缘目睹，都觉得很可惜，也都觉得来看看廖大伯顺便看看"他"是件义不容辞的事情，于是一个个赶紧了廖家门前，却都吃了个闭门羹。左晃右晃不见人影，喊也没人应，或蹲或站地数说起各种可能性来：廖大伯是准备让女婿带着宁宁偷渡到香港？还是千难万难地把宁宁户口变成外国人呐？大家对这两种可能性都没把握，也不知道具体该怎么操作，但支持者最多，因为谁都认为嫁到香港或者国外是一种福气。但也可能是因为，这种福气没能摊到自己身上，否则，谁也保不准会不会做比廖大伯更让人觉得顽固的决定。

什么决定？

醒来后，廖大伯发现那个男孩子一直在身边守候，虽然发音奇奇怪怪的，但毕竟能听懂，和广东人差不多，而且，对过年的习俗适应得很快，很能理解并按礼节一一做到、分毫不差，说他是外国人，还真有些不像。但香港是不是外国的？那个时候谁也弄不清楚，包括廖大伯。对于廖大伯来说，只要是国外，就很远，很难回家，在国内的话，交通总归方便些，回来也顺畅。特别是只有这么一个女儿，万一自己重病了，女儿能够及时赶到吗？想到这里，廖大伯就胆战心惊，愈发不想说话。

沉默了几天，廖大伯家也跟着沉默起来，聚集的人群也逐渐散去，就算去，有的人也只是想确认里面隐隐有廖大婶的呜咽声，不用说，廖大婶和廖大伯的心思差不多。眼看局面就要僵住，宁宁姐决定当一回历史老师，将香港战国时期属于楚国，秦至清一直属中国管辖，是后来鸦片战争才开始被英国占领等等，说了很长，廖大伯和廖大婶从一开始听到香港是中国的时的惊喜，到后来听到被英国、日本等占领时有些晕乎乎的，眼神都没有了焦距，但心里说到底还是明白了些。

宁宁姐说得口干舌燥，接过男朋友送过来的温水一口吞下，说："再过四年，香港就回归了，您就不用再纠结这个问题了，好吗？而且，香港和深圳很近，你们就当我嫁到深圳了，这样，不可以吗？"廖大伯坐在宁宁的对面，手撑着下巴，嘴抿得脸上充满了皱纹，又像充气一样，啪地一声说："既然这样，你让他过四年再来，不行吗？在一个国家里，总让我觉得我们离得不会远。"宁宁松了口气，说："爸爸，您心里知道，如果我不说他是香港人，您绝对不会知道的。这就是香港人和外国人的区别。总归是同根同源，相同的地方太多了。"

四年后。我跟在廖大伯身后，一起向廖家走去。廖大伯穿着白 T 恤、西装裤，站在门口等着宁宁和男友回家。廖大伯对宁宁，全村都知道，吃喝拉撒一手包，廖大婶都不用管的，生起气来最多只到拍桌子、瞪眼睛这种程度，实在忍不住了就拽着五个哥哥打。

这一回，廖大伯生了四年的气，硬是没再让宁宁和她男朋友进过家门，指望宁宁就此放弃，也正是因为这样，我们到现在都不知道宁宁男友姓甚名谁，我猜测，廖大伯一生气估计也不记得了。许是继承了廖大伯的倔脾气，宁宁竟将这段感情延续至今了，我敢说，宁宁绝对是村里把爱情谈到结婚的第一人，这又是一项特殊啊。

老远看见宁宁，廖大伯有些摇晃，四年闭门不见，估计想念得要命吧。大伙都说，稳住稳住。

宁宁和他还差几步就走到门口，廖大伯有些憋不住："宁宁，宁宁啊，我没指望你嫁成什么样。就想着，我骑一趟自行车就可以到你家门口，可是……老话说，父母在，不远游。香港一回归，我们就不算远。不管怎样，你和他好好的啊！"说完，便让宁宁拉着廖大婶的手，自己拍着女婿的肩，又正式握了手。

世间情动，莫过于你还在

——于香港回归二十周年有感

土木工程学院工程力学 1601 班　云　芸

二十年，7000 多个日夜，似乎很长，但其实又很短。于饱经沧桑的老人家而言，二十年不过一瞬，是遥远的渐渐模糊的需要追忆的青春时代。但于我这种年轻人而言，所历经的岁月加起来还没有二十年，二十年又何尝不是一段长得无法想象的间距。香港便是这样年轻的孩子，她以"中华人民共和国香港特别行政区"的身份立于世界之林，也才二十年。

我自幼便很喜欢香港，这种喜欢像是一种没来由的缘分，把我和她紧紧联系在了一起。我是土生土长的四川人，周围没有任何人向我介绍过香港文化，但自小开始，当周围的人沉醉于"仙剑"系列等优秀的国产剧集时，我喜欢的却是《法证先锋》等一系列港剧。当周围的人听着国语优秀音乐时，我却对粤语歌曲的咬字和韵脚情有独钟。其实这样长大的我，不免有些孤独，周围的人与我沉浸在不同的兴趣世界里，我无法和他们一起讨论最新的剧情，他们亦无法理解我。直到现在，我还记得初二学那篇《别了，

"不列颠尼亚"》时，我激动的心情与周围人淡漠的神情形成的巨大反差。是啊，随着时间的推移，很多感情会一代代削减，这是无法避免的，也是我们必须要面对的。记忆中那个单元学的是报道文学，前一篇课文是《北京喜获 2008 年奥运会主办权》，但当时坐在课堂上的我们，完全无法理解当年的人们是如何的狂喜，这个主办权对于中国的世界地位又意味着什么。我想，若不是我对香港有着特殊的眷恋，学那篇《别了，"不列颠尼亚"》时，或许也不会泛起任何波澜吧。但有些东西，即使不能如当时般波涛汹涌地冲击着你，也是永远不该忘怀的。

周恩来总理说过："历史可以被原谅，但不可以被忘却。"忘记，就等同于背叛。当我合上历史课本时，除了悲哀与痛心，更多的，也还抱有一种庆幸。庆幸当时中央政府的强大，庆幸邓小平爷爷所谓的"一毛不拔"的铁公鸡作风，庆幸失而复得，庆幸香港终是回到了她眷恋的怀抱。是啊，也是怀着这样的期待与庆幸，我也渴望着台湾与大陆相拥的那一天。

我喜欢香港，纵使我还未曾行走在她的街头，未曾抚摸过她曾千疮百孔的心灵和如今流光四溢的妆容，但我却觉得，她的灵魂和每一个内地人深深地交融在一起，自然，也包括我。我实在无法想象，假如香港未曾回到母亲的怀抱，又或是真如某些图谋不轨的阴谋论玩家所想的那样，当下的彼此，又会是怎样的光景。两败俱伤，也不过如此了吧。人这一生里，尚且要经历很多苦难和挫折，何况是由众多人构成的地界和国家。我们或许会经历很多坎坷，这几年里也确实发生了一些让人心寒的所谓"港独"事件，但那都只是到达繁花盛开的彼岸前的一些风浪罢了，若是无风无浪，才会让人更加担心是否存在暗流涌动吧。用积极的心态去看待这一切，用恰当的方法去解决这一切，我们是紧紧相拥的两股力量，没有什么能分开我们。

香港还很年轻，回归祖国仅仅二十年，她的身上还有无限的可能性。而这些可能性，都是由中国母亲厚重的双手托起来的。而中国母亲，又何尝不是靠着这一个个儿女成就了自我？我是堂堂正正的中国人，爱她便是接受她的过往与现在，接受她的好与坏，而我，也一直为自己是一个中国人而自豪骄傲着，为香港能回到祖国的怀抱而庆幸着。这样的路，我还想陪着她们继续走下去，去见证更好的未来，去拥抱更好的香港，支拥抱更好的中国。

思绪不禁又飘向了还未去过的香港，我想，在不久的将来，我会走在香港的街头，听着周围带着好听的腔调的粤语，喝一杯传统的香港奶茶。他们听见我与之不同的普通话，感到欣喜，向我绽放出绚烂的笑容。我们曾隔了很远很远，但即使我们是第一次见面，也会像亲人一般熟稔。"原来你在这儿。""是啊，我一直在这儿。"

有人把动情比作盛夏里冰镇的可乐，有人把动情比作蝴蝶翩跹踔踔，而我觉得，情动不过是，你在这儿，我也还在这儿。而母亲和她的女儿，就这样静静相拥到老。

我与香港

湘雅医学院临床医学五年 1510 班　　王　雁

不期而遇，仿佛是一切美好事物的运行准则。所有美妙的缘分都在邂逅中开始，在朦胧中慢慢揭开面纱，冷漠抑或温柔，如此款款，却又猝不及防。

2016 年 7 月 20 日

早晨，我坐在楼下的由破败居民楼改建成的早餐店，吃着肠粉，睡眼朦胧。不经意向窗外望去，一片杂乱的绿色，还有无法忽视的高大铁丝网。小店老板告诉我：这铁丝网就是香港和深圳的分界线，不可逾越。

原来香港离我这么近啊，可是，我离香港又有多远呢？

我仿佛记得自己做了一个很长的梦，一个很奇幻的梦，久久不愿醒来。可是梦啊，哪有不醒的？终有一天，我被拖出了梦境。可我还是不愿醒，还想一点点地追寻着记忆，重新回到梦中去，回到梦里的香港……

一直以来，我都清晰地记着，鲁迅先生在《记念刘和珍君》一文中，表达过这样的意思：长歌当哭，是必须在痛定之后的；当忘却的救主快要降临的时候才有写一点东西的必要了。我希望我所记录的文字可以免受感情冲动的支配，我希望我能相对客观地表达一些什么。不因为兴奋而赞扬过高，也不因为故作沉稳而有损它的意义。所以，我迟迟没有动笔。

一个星期过后，当我确信自己还是想说点什么的时候，我开始了一场追忆，我还能回想起什么？还能触摸到什么？还会为什么而感动？还会因谁而流泪？

2016 年 7 月 7 日

一个偶然的机会，我申请到了香港一家公司的短期实习。借此机会，我踏上了这片好奇已久的南方土地。

第一次正式进入香港境内，内心多少有点忐忑。周身被粤语笼罩，连说话都变得小心翼翼。想要买一件东西，都要在旁边观察一会儿，生怕暴露自己的陌生。不论在哪儿，做什么，我都时刻提醒自己一定要遵守香港的制度，一定要有礼貌。我时刻警醒着，不能给大陆人丢脸。就这样，我揣着谨慎与小心，开启了在香港的短暂之旅。

刚接触香港，我内心其实是排斥的——街道好窄，房屋好拥挤，人好杂——我，不怎么喜欢这里。可当我慢慢习惯了它的模样，进一步了解了它之后，才发现，我有那么一点点，理解了香港：精致，自由与温柔。她，在我眼中，还挺美的。

精致，是她带给我的最强烈的感受。我甚至迷恋上了这份精致，因为我不曾见过，更不曾拥有。

街道很干净，地铁很发达，就连垃圾桶的分类也很细致。路边随便一家面包店的香气就能让你迈不动脚，即使是大排档的饭菜也能让你大呼好吃。豆浆店会用硬质塑料瓶装好每一瓶豆浆，每一个路口都会按上"滴滴"作响的盲人过街提示器……她的精致不是高光炫耀的美，没有国际都市那种热烈与奔放。相反，它体现在内里，体现在小处。似乎在这里，精致不再是一种追求，反而成了一种习惯，这座城是这样，城里的人也是这样。

"囊括大典，网罗众家；思想自由，兼容并包。"正如蔡元培先生所说，治学之道，精髓在于自由与包容。而这一点，在香港大学被演绎得淋漓尽致。

一直以来，私以为大学的自由就是想上课就上课，想翘课就翘课，想运动就运动，想看书就看书，随心所欲，无所束缚。然而香港大学让我见识到了什么是真正的自由——言论自由、思想自由、观念自由。或许这也不是终极的自由，可谁又能否认这不是更高级别的自由？这一当头棒喝，让我清晰地看到了自己的无知。

冷漠与温柔，从来都不曾有一个明确的界限。冷漠或许是源于心里的陌生。尽管有一些人抱怨香港没有人情味，但我觉得，这座城市还是蛮温柔的。

每次遇到酒店打扫卫生的阿姨，我都想和她打声招呼，奈何不会粤语而羞于开口，只是尴尬地微微一笑。而她总会首先开口问好——早上好或晚上好。后来我们开始有了交谈，她会主动征询我的意见——是否需要进去打扫，我也会笑着说一声"谢谢"。这样简单的交流，很温暖。每天我都会去酒店楼下买豆浆，每次我都笑着指着其中一瓶，付钱，找钱，然后离开。次数一多，卖豆浆的阿姨也开始主动和我微笑，并询问我要冷的还是热的。最后一天去买的时候，我很想告诉她，这是我买的最后一瓶，可惜，没有开口。不知道阿姨第二天有没有期待我的到来，应该会吧。打印店的老板看到我们手提着电脑准备冒雨离开，主动借给我们塑料袋，还说："一定要还回来！"

香港冷漠吗？冷漠。温柔吗？也温柔。

2016 年 10 月 1 日

今天，举国欢庆，假期开始。

上午，我收到了在香港认识的朋友发来的微信祝福：国庆快乐！说实话，我有点诧异。于是我很直截了当地问他："你们对国庆节也很看重吗?"他说:"当然!"他又回复我说:"中国太好了,我很喜欢中国。"我想,他要表达的应该是"中国太好了,并且我很喜欢内地。"我没有问他原因,毕竟很多东西无法一二三四地说个清楚。但是我有自信:我的祖国值得每一个中华儿女爱戴。内地香港,虽然实行两制,但同属一个中国。虽然制度不一,但不妨碍两者携手并进,共同繁荣发展。

2017 年 3 月 15 日

今天,两会结束,李克强总理答中外记者问。

其中,不可避免地谈到了香港问题。有记者发问:"政府提到'港独'——指出港独是没有出路的——是否意味着政策上会有什么变化?比如在落实'一国两制'这个原则问题上是否会更加强调'一国'而弱化'两制'?或者以后中央对香港的支持是否会减少?"李克强总理这样回答:"'一国两制'的实践不动摇、不走样、不变形。至于说支持香港发展,中央政府会不断地加大力度,会继续出台许多有利于香港发展、有利于内地和香港合作的举措。"

2017 年 4 月 3 日

深夜,在香港实习的导师发来微信,问我近况如何,并鼓励我好好学习,有机会出去看看。我答应他,要考去港大,以求多一些机会去了解这个城市。

2017 年 7 月 1 日

香港正式回归 20 周年整。届时定将举国庆贺,紫荆盛开。

这就是我与香港的故事。一次不期而遇,一场迷恋向往。未来还会有故事吗?我期待着。

归　来

机电工程学院材料成型 1601 班　张其谦

　　1997 年，阳光很热烈，天上的蓝色比现在的更漂亮。1997 年，我还是一个刚刚在隔壁村上小学，刚刚知道学校和家之间的小土路怎么走，刚刚发现村外的世界的小屁孩。

　　学校在隔壁村，学校的隔壁是一个比我家大上许多的庭院和几间顶上长着奇怪尖嘴的大房子。在我看来，学校就是这个庭院的一部分。我爱玩，爱胡闹，经常一个人不上课，跑到学校外面玩泥巴、捉虫子、爬树……甚至爬进隔壁庭院里玩。头一次进去时发现里面竟然是一片枯枝败叶、荒草丛生的景象，我吓得屁滚尿流，以为是进到了母亲给我讲的鬼故事里的场景，便头也不回地爬回教室。这事自然被严格、呆板的秃顶老师发现了，然后又自然而然地被劈头盖脸地训斥了一顿。他给我讲的大道理我一点儿也不懂，只是觉得在那时训斥应是惩罚中最轻的吧。放学回到家，也不知道母亲是怎么知道这事儿的，训斥起我来也颇有几分秃顶老师的气势，只是她训的不是我逃课的事，而是爬进隔壁庭院玩这件事，仿佛击中了她的逆鳞似的，我又轻易地接受了一番"最轻的惩罚"。可是在听这位我最亲爱的母亲给我讲道理的恍惚之中我又好像知道了些关于庭院的事，以及里面住着的一个我并未发现的人。

20 世纪 80 年代，"文化大革命"的血雨腥风已尽，改革开放的温暖春风正吹，我们这块广袤的农村大地正在焕发生机，而我的父辈母辈便是最好的见证者。他们亲眼看着人民公社破产，又不可思议地接过一张小纸片——那是他们真正开始拥有自己土地的证明。然而，就在我那可爱的父母还在为土地而高兴的时候，隔壁村却一夜之间冒出一个姓周的能人。在当时物质普遍匮乏的情况下，腰包里鼓不鼓就是衡量一个人是否成功的标准，而这位周姓者真不可谓不成功呀！你看他家的庭院修得宽敞漂亮，房屋建得高大阔气，又是石狮子镇门，又是车马出行，吃的是山珍海味，穿的是时下流行……简直是我们那里的一个神话。十里八乡的人纷纷议论着他那令人羡慕又嫉妒的财富是从何而来，然而最后也没得出个什么结果。于是任时间如水缓缓向前流着，实在的庄稼人也就渐渐地不再过多议论此事了，因为他们得为自己的生计而忙碌不停。

20 世纪 90 年代，他出生在一个衣食无忧的家庭，父亲在当地是名号响当当的"大财主"。然而身在县城读书的他却似乎完全没受到父亲的影响，否则便不会是一个常年考全校第一，年年都获得"优秀学生"荣誉称号的人了。虽然远在县城，可是一想起那远在乡村的颇有"名望"的父亲，他便会常常想着自己要是出生在一个普通家庭该有多好。从小到大，村里的孩子们都不愿意同他玩耍，或许以前他不知道为什么，只是觉得有些孤单。而父亲则是每天早出晚归，不知道在忙些什么，只留下他和母亲守着一栋华丽而空洞的房子。他的母亲是个大家闺秀，教他读书认字，告诉他外面的世界是什么样子的，在讲这些的时候她的眼睛里是有光在隐隐闪烁着的。他从此向往着外面的世界，想要脱离这个沉闷的家，带着她的母亲。

20 世纪末，他终于如愿以偿地带着母亲离开了。走的时候，母亲静静地躺在一个小黑盒子里，笑着对他说："走吧，孩子！走吧，孩子！"他独自一人去往香港求学，不顾父亲的强烈阻挠。他甚至感到可笑，母亲走的时候他都没怎么动容，自己又算什么？走吧，走吧，他心里不断默念着，永远不会回来了。

我靠在母亲的怀里，没有训斥，只有耳畔传来的熟悉的儿歌声，梦里悄悄地走进了那个曾经华丽的庭院。一个漆黑的房子，窗户破陋不堪，风儿一吹便传来吱呀吱呀的怪声。我听见里面有呼吸声，我看见有一团东西在颤抖，我闻见眼泪的咸湿味，我触摸到了老人那布满皱纹的脸。他在颤抖，在呻吟，在哭泣。他的房子不再阔气，周围建起了比他的房屋更高大更漂亮的小楼；他的院子不再宽敞，杂草乘虚而入霸占着他曾经的荣耀；他的亲人不再爱他：一个在地下微笑，另一个在遥远的香港，杳无音讯。

当我听从了母亲和那个秃顶老师的话，不再天天偷跑出去玩后，当我读了更多的书后，当我知道了所有关于那位周姓能人的故事后，我恍然一惊：我的小学的名字竟是叫作"香港××实业希望小学"。多么熟悉的名字啊！香港，那是故事里的远方，那是离别的车站，那是让我夜夜梦到的地方。现在，仿佛就在我的眼前，我顿时觉得我可爱的校园就是那神秘又遥远的香港。但是，它又和那曾经气派繁华的荒宅紧紧地连在了一起，这让我感到一阵莫名的奇怪与开心！那是1997年，小小年纪的我脑袋中瞬间飘过这一丝念头。过了些日子，我又从大伯家的黑白电视中听到了"香港"这个名字，伴随着这个名字的是我当时完全不理解的两面旗子的升降以及背景音乐的庄严。但是我还是认出来了其中一面红色的旗子和我们学校操场上挂着的是一个模样的，叫作"国旗"，这是那个秃顶老师给我们说过的。那时，我又为自己的所见所闻所知而飘过一丝奇怪的念头，奇怪而又开心。

一个叫作时代的"大力士"推着我们所有人踏入了21世纪。贫穷与饥饿随着人们勤劳的汗水远走高飞；土路穿上了黑色西装摇身一变成了柏油马路；小洋楼在阳光下昂首挺胸精神十足；杂货店打扮得花枝招展，吸引着一个个贪吃的孩子……而我常常看见我曾经的小学和它旁边的荒宅在窃窃私语，它们在谈论着各自的人生经历，像是好久不见的刚刚归来的老熟人一样亲切！

我的故乡在远方

商学院国贸 1502 班　兰雅涵

在别人的故事里，我好像在从一个特殊的角度，解读香港。

我的心又一次被唤醒，总是在梦里看到自己走在归乡路上。

——许巍《故乡》

走出半生岁月之长

大约两年前，在那个一生只有一次的三个月暑假里，我和朋友打算去香港，想去看看这个传闻中金碧辉煌的城市，这个人人步履匆匆、物欲横流的城市。

在一切顺风顺水做好准备之后，我们的酒店出了问题。订完之后接到电话说是系统出了一些问题，房间满了，并说了几次抱歉。我也一直回着说没关系。再之后搜索酒店，看到很古朴的一家店，通体大都是木棕色，在个性鲜艳的颜色中显得别树一帜。我又是一个很信服感觉的人，没和伙伴商量就订了这家酒店。

到了香港之后，我发现自己好像突然被人在脚底装上了发条，身边的人都在用各自的急促告诉着我时间有多么缺少，生活快马加鞭逼迫着这群人奋不顾身地去追逐。一天的"拼杀"之后，我在夜生活正盛的凌晨左右回了酒店，看到一位老人正站在吧台用一块软布擦拭着桌子。我在他对面坐下，他拿着抹布的长满老年斑的手顿了顿，佝偻着身躯也拉过一张高椅。

"你哪嘎达的人啊?"老人一开口还是能感受到他内心的热情。

看着我一脸惊恐的表情，他笑着说："我原来是东北人儿，好多年前来了这儿就没回去过啦。"

我看着他的胡子动了动，真的是应了"眉飞胡舞"，回答说："我是河南的，高中刚毕业来这边玩。您有多久没回家了呀?"

"三四十年了吧，老了，记不太清了。"

"那您不想家吗?"

"你这小丫头说话咋这么直肠子?想啊，也想过回去，只是以前不好回，现在回不去咯。我是辽宁丹东那边的，想着我比你这个年纪还小些的时候，撒开一跑就到了鸭绿江，那片水也算是养我长大了啊，就是回不去了，见不着啦。"

"怎么就回不去啦，这么多年回去一趟还不容易，你看我还不是说来就来了。"

"1997年以前想回去吧，是政策啊什么都比较受限，1997年香港回归之后觉得这儿发展前景好，一狠心就没走，到这时候家啊事业啊都在这，我也老了，走不了咯。我看你挺喜欢玩的，啥时候帮老头子我去看看那片水去?"

"可以啊，要不要带点什么信物?"

"没那么多事儿，你就帮我说声我在这儿挺好，意念回去就行了。你要是不嫌麻烦就让我看两眼我就更满足啦，哈哈哈哈哈。"

空气中飘着他爽朗的笑声，我突然有了一种莫名的感触，心里也默默许了个约定，帮他回去看看。

去年十一的时候，我去了。下飞机放好行李，迫不及待打了车就到了江边，我想给他看看。江水在桥下静默地泛着光，折射着黄昏的色彩。我拿出手机开了 Facetime，看到的面孔却与想象中不能重合。这是一张很像他，却青春洋溢的脸。

还没等我开口，那个男子便激动地说："您终于打过来了，这个电话我等了一年之久啊。我父亲在三个多月之前去世了，他告诉我会有个备注蓝姑娘的人打电话过来，让我务必及时接听。你现在是在鸭绿江边吧，我父亲这个人是有些奇怪，我之前有去过几次，但他不看我拍的照片。非说什么觉得跟您有缘分，您才能代替他回去。这让我为人子女感觉很无奈啊。抱歉给您添麻烦了，也谢谢您没有忘记这个约定。"

我好像只听到了第二句，哑然开口："打扰了，再见。"

我倚着栏杆瘫坐了下去，本来是一场惊喜，却也成了悲剧。江水还是波光粼粼，但好像更蓝了，想要把人吞进去。

仿佛身边坐着一个人，我轻声说了一句："你的故乡，我替你来过了。"

归来仍是少年模样

若有天我不复勇往，能否坚持走完这一场，踏遍万水千山总有一地故乡。

——陈粒《历历万乡》

爸爸跳槽了。

说是跳槽，其实也就是从一家小公司的小职员成了另一家刚成立的小公司的小职员。说起原因，也不过是这边离家里近一点。

寒假某一天的下午，冬日少有的暖阳，被爸爸勒令不能再窝在家里了，所以打算去他公司看看。

进门口就是一个很大很大的石头，是那种精心雕刻过的艺术石。

"你们老板挺有艺术修养啊。"我随口说着。

"他可能就是钱太多了。"一句很好笑的话被爸爸说出来一点笑意都没有，倒像是很认真。

"你们老板什么背景啊？听起来很厉害的样子？"我不禁被勾起了好奇心。

"我也是听说，他是香港一家公司的董事长。儿子女儿都在那边有了自己的公司，月入百万的那种，你说他五六十岁了，子女也不需要他的钱，他肯定是花不完呗。前段时间才来这边买地盖房开了个工厂，开了这么个小公司。"

"我们这儿又没钱又没前途的，为什么来这里啊？"

再怎么有钱也不能这么挥霍啊。

"他老家是这儿的，听他上次开会说，在香港这些年的发展很好，就想着回来做点事情。他说香港的发展真的很快，尤其是近二十年，回归之后很多内地的人也去了香港那边，虽然压力大，但是能找到自己的一席之地，都有挺不错的收益，你说我怎么当时没想着去香港闯一闯呢？"

"那他不知道这里可能没什么钱赚吗？"我一边说着一边心想谁知道你为什么不去。

"他就是觉得落叶归根，就回来了。也没想着挣什么钱，倒想着把自己的钱能让这儿多一点繁荣生机就挺值得了。我都有点敬佩他了，这种奉献精神你学着点啊。"

我突然想起了那位老人，他的愿望其实也不过落叶归根吧。虽然他们在香港都得到了物质的极大富足，但因为故乡的召唤，却始终觉得，有些事情，是空的。

不过，真好。虽然已过许久，但他回来了。从一个急速发展、福利丰厚、财物殷实的地方，带着能让故乡变得更好的能力，回来了。

香港，本是同根生，如今快步走在了前列。

你既归来，那便省下许多想念。

本是一体，自当尽快追上你的步伐。

繁盛紫荆，前路相迎，泱泱华夏，跬步及它。

这很简单，对吧？

土木工程学院土木 1505 班　林文亦

　　1997 年，香港回归中国后，她第一次回到大陆看看自己的家乡。余光中诗里的船票，对港人来说，再也不是问题了。也是那一年开始，她这辈子就绑在了大陆。

　　当年他也才大学毕业没多久，身上的白汗衫洗得干干净净，全身收拾得一丝不苟。他在的小镇上，来了一批返乡探亲的人，当地组织人欢迎这些游子时隔多年后重归故里。他去了，也许是觉得他是当时少有的知识分子，能跟那些文明的同宗人对上话好交流，也许只是无聊想凑个热闹，总之他去了，所幸他去了。

　　她就在人群里，长裙，头发盘着，浅戴着碎花洋帽，很好看。他看到她第一眼，感觉春天好像来了。那天他没有敢跟她说上话，只是偷偷看着，晚上回去睡觉前琢磨，得从长计议想个好点的办法去试试，起码得说上话。是的，他喜欢她。他笑着将要入睡，突然瞪大眼睛，没有从长计议，没有时间，是了，她马上要回香港了吧，他觉得冬天好像来了。一夜失眠，不知他夜里多少辗转反侧，总之第二天他很勇敢，对方很惊吓，总之她后来多留了一段时间。后来他"无所不用其极"，穷尽一切，好像过了好久好久，故事有了一个结局。故事一般都会有好结局。

"我不会做家务啊。"

"我做啊，"他说，"你看，这很好解决。"

"我不会做饭，会不会太过分了？"

"以后都是我做给你吃。"他说，"你看，这问题也不难解决。"

"那好。"

"好？嗯，好！"

总之他们结婚了。她的父母起初反对，后来见到他用心伺候着自个闺女，竟是挑不出什么毛病，就没办法不讲理不同意了，只是要他们将户口迁到香港。他不同意，她顺他，她父母也没办法，但对这个姑爷总归有意见。

婚后几年，他践行着自己的承诺，每天负责着一切家务。她最喜欢的是蛋花面，蛋花要均匀，不能放酱油和香菜，多放葱花。这也是他最拿手的。总之，他还是尽其所能地对她好，以至于后来工作回家太晚时，只能两个人饿着肚子然后啃泡面，开始觉得泡面还挺好吃的，后来就不行了。开始他很理解，她毕竟不会做饭，后来他渐渐不理解，为什么她不会做饭。他们有个孩子，叫文艺，由各自的名字组合而来，很简单，也很文艺。

"你就是嫌我腰粗，"她泪眼婆娑，生产后，她的腰一直挺粗的。他很苦闷，不知如何解释，将心一横："这是你腰粗的问题吗？我就是嫌弃你不肯做饭，不肯做家务。""你骗人，你说过不用我做的。"他心一软，也很无奈，有点惭愧，低声道："总得学着做些什么吧。"她就朝门口走去。"你去哪？"她不说话。

后来我又一次看见她在忙着做饭，葱花切得很均匀，随手一个鸡蛋一打，煎上一阵，再撒点盐与葱花，香味就迎面扑来。整个过程行云流水，

175

竟是有一种质朴而又富有美感的感觉，不在此浸淫多年的人难以做到。他就在沙发上看着电视，安安静静的，阳光通过落地窗洒了进来，不刺目，给人一种温暖。

她是我的母亲，是一个香港人，他是我的父亲，是一个大陆人。很庆幸，他们都是中国人。

我很好奇当时发生了什么，我的母亲现在是做饭很厉害的"大厨"。我在外读书回家第一件事就是想大吃一顿，因为真的很怀念家里母亲做的饭菜。有一次我问了当时的情况。那次，我的母亲出了门，然后我的父亲赶紧追去，刚到门口时，她回来了，看着他："你饿不饿？我煮面给你吃？"他将她拉回去，带到厨房，认真地教她切葱，烧开水，搅蛋花，下面，一会儿，香味就传出来。他说："你看，这很简单，对吧？"后来用了很长时间，我的母亲掌握了一门好手艺，掌勺时，一种亲切、自然的气息流露出来，藏到了食物里。这种气息在我嘴里流淌，让我感觉很幸福，很满足。

"当时外公外婆不是对你不肯迁户口有意见吗？""什么意见？年年去好几次，在你出生后早就没有意见了。香港都回归了，去香港不是很简单的事吗？""那你为什么不肯迁户口过去咯？"父亲貌似认真地思考了一下，母亲过来，替他说："当时你爷爷奶奶比他们年纪要大一些，而且条件没有那么好，所以最后还是待在这里了，而且我的祖地就在这里，在这里生活也不错。""现在哪里条件又比哪里好了？"父亲不满，"都发展起来了！"

幸好能经常去香港探望，不需要那么复杂的程序，外公外婆也能常常来。但是母亲说："以前大陆的人想去香港是很麻烦的，不仅仅是护照的问题。香港回归了，这很好。"能经常与父母家人团聚，又不和爱的人分离，对母亲来说，这很好。

"幸好香港回归了。"父亲说，幸好让他遇见她。

我一直觉得我能生存在这个世上这件事是极好的，香港回归了，极好，我能诞生，极好。与大陆还有隔阂的同胞们，有一天我们也会在一起，也会有一些故事发生。有人说，幸好，我回家了；有人说，其实，你从未离开。当两地的爱情产生结晶，孩子呱呱坠地时，我祝福他："孩子，祝福你，祝福和平统一的年代。"这并不难，对吧？这很美好，不是吗？

我的香港往事

化学化工学院高工 1501 班　姜　蔚

"王胖子，你个扑街仔，你给我等着！"看着那洋洋得意的肥脸，以及他那不知隔了多少辈儿的，刚从香港回乡探亲的舅姥爷送他的腕表，再看看周围小伙伴那羡慕得快瞪出来了的眼珠子，我知道，我这个孩子王的地位怕是保不住了。但小孩子嘛，面儿上再挂不住，嘴上也不能服软。一瞬间，感觉自己和昨天晚上看的《古惑仔》里，遭受众叛亲离的陈浩南心境莫名地契合。

王胖子倒是很有做反派的自觉，嘴角咧到耳朵根："蔚儿哥，不是做兄弟的不仗义，但今天的陈浩南可该我演了，我这话撂这儿，谁同意我演，我这块腕表就借谁玩会儿。"

20 世纪末的小孩儿没什么娱乐项目，和几个小伙伴一起扮演电视剧、电影里的人物，是很流行的一种。尤其是《古惑仔》一类的港片传入内地后，一众男孩子纷纷以扮演其中英俊潇洒、义气凌云的陈浩南为荣。而我以能够记住最多的台词这一优势，稳稳把住了这一把交椅。

而王胖子呢？单是他那跑两步就喘的体格子，就只能演一些丑角。平时也是一副老实憨厚、任劳任怨的样子，没想到，他有了那从香港回来的舅老爷撑腰，就要"翻身农奴把歌唱"了。可惜当时的我还不知道"小人得志"这个成语。一瞬间，我对那素未谋面的，从香港回来的"舅姥爷"恶感又加深了一层，甚至恨屋及乌，对香港这么个地方也抱有了孩子斗气式的厌烦情绪。

我对香港确实没什么好感。第一次知道有"香港"这个地方，是从我爹的一本书上看到的。那是一本政治思想教育手册，枯黄的扉页和发霉的字样充斥着二十世纪七八十年代的味道，它被塞在储物柜角落里，很是吃了几年灰。那时的我已经颇识几个字，又活在一个好奇心最盛的年纪，便把它刨出来了。翻开头几页，映入眼帘的赫然六个大字——"香港是个臭港"！下面洋洋洒洒很是写了些东西，现在的我虽已记不清了，但那极度对称的六个字，却是怎么也忘不了的……

到了王胖子他舅姥爷回乡探亲的时候，我很是直接地问我爹："为什么那老头儿从臭港回来，身上一点儿都不臭？"我爹作为一名优秀的人民教师，很是耐心地把我摁在他的大腿上，也没和我解释理由就揍了我一顿。即使到了现在，我也不知道，我是因为直呼人家老先生为"老头儿"受的打，还是因为"政治错误"挨的揍。

就是在这样的社会背景下，我和王胖子爆发了一次人民内部的矛盾。这场矛盾以王胖子被打破鼻子告终，而我，也被我爹擒拿着，押送到王胖子家赔礼道歉，也因此见到了传说中的，王胖子那香港舅姥爷。

那是个很清瘦的老爷子，穿着一件唐装。王胖子他大舅、二姨娘，零零碎碎不知道哪来的那么多亲戚，个个挂着从皱纹里挤出来的微笑，众星捧月般地把老爷子拥在堂屋正中央。周围的婆娘、老少爷们儿叽叽喳喳，老爷子不曾说话，只顾低头喝茶。这场景我依稀见过，好像过生日时全家分蛋糕。

我爹被这人多势众的情势吓住了，匆匆表明来意，那可恶的王胖子一手捂着早就不流血了的鼻子，缩在他妈怀里装林黛玉，眼神里满满写着"你完蛋了"的得意。

"细路仔打交姐，冇事噶。来，拉下手仔，第日仲系好朋友哦。"没想到，倒是我最不待见的那位香港舅姥爷先开腔帮我打圆场。

"初次见面，来，见面礼。"舅姥爷边摸着我的头边说着，同时把一块硬邦邦的东西塞进我手里。我打开手心一看，竟是一块和王胖子的一模一样的腕表。

全然顾不上王胖子那嫉妒得要喷火的眼睛，我忙着鞠躬作揖，连连道谢。老爷子笑起来很慈祥，到现在我还记得他的笑容，两边颧骨高耸，雪白的胡子和眉毛一抖一抖的。

老爷子后来去世了，王胖子家来了很多人，我作为孝宾去了一趟。老爷子一直没回香港，给县政府拉了很多外资港资，还捐了所小学，死前只希望葬在内地祖坟，要落叶归根。

……

后来啊，我就慢慢长大了。我听见过很多喧嚣嘈杂的声音，也明白了《古惑仔》《赌神》等港片对青少年的价值倡导并不是很好，大陆人卷着舌头学港台音也是很媚俗的表现，腕表也是很便宜的事物。

但在这样一个香港回归二十周年的日子里，我只想讲这么一个老人的故事，让更多人了解，了解那个年代，了解那个年代里有许多像这个老人一样的香港人，凭着一腔深情，携着他们与内地世界截然不同的经济与文化，如一片丰沛的雨云，带给了这块久旱的土地及时的滋养。那时候的香港如同一座日夜不歇的泵，将世界的新鲜血液汹涌地注入东方这具沉眠已久的巨人的躯干。

即使现在的我们也不该忘记，在那个伟大的时代里，是一群操着或粤语或港普的香港人作为先锋，带领着我们这群"大陆仔"，正式踏上了国际化的舞台。

至今那块腕表还挂在我的床头，慢慢走着，走向未来。

紫荆花开情更浓

机电工程学院机械 1507 班　劳子轩

"总有回家的人，总有离岸的船。"我不再只是站在中山港口，看海波轻轻推着轮船走，摇摇晃晃地驶向香港，送走与我最要好的你，而是来到了你的城市。你说你喜欢香港的自由学风，我说我钟爱大陆的严谨治学，所幸紫荆年年盛开，你我情谊更胜从前。

终于到达港岛，蝉鸣清脆，下车时却有点晕，我扶着路边的树想呕吐，有个路人却很凶地说了我，我不悦：这也太没有人情味了吧，我明明很难受。这时他给我递了个塑料袋，说："这里乱扔垃圾罚款一千五呢。"我哑然，不禁想起之前炒作得沸沸扬扬的大陆夫妻让小孩在公众场合方便的事件。忽然觉得香港真是个可爱的城市，它并非不懂人有窘迫无奈之时，但却仍坚持秩序和规条是最大的保障，它会很严肃地向你传达它的爱意。

港大的校园总是那么富有活力，不说那绿树疏影横斜和建筑人文科技相映，仅仅是那制作精良的传单，以及特色分明的海报便洋溢着自由的气息。我接过一张，上面写着：高桌晚宴。你看着我疑惑的表情笑着说："在我们这，没有做过庄是不完整的，我快下庄了。"

我看着你得意的神情，忍不住问："最近你们学校不是在水深火热中吗？""欺凌事件？""我看朋友圈刷屏说从欺凌事件可以看出内地生和本地生矛盾重重哦。"你指了指校园里过往的人，说："媒体报道把事件上升到这种程度真是小题大做，尽管存在某些观念差异，但真的很包容，标签是最大的偏见。"我看着你的眼睛，突然明白了什么叫偏听则"新闻"。

我们在港澳码头吹风，在中环码头背对着月光，在旺角花园街逛夜市，在星光大道盖手印，香港这个热闹繁华的大都市，似乎有了更多的定义。从前我生活在香港的毗邻广东，却只能从《黄子华栋笃笑》和翡翠台"方东升报道"中窥探香港的生活。港乐不仅仅是动耳音符，我终于听懂了杨千嬅的港女孤勇，陈奕迅的孤独患者；车仔面不仅仅美味，我更看见了行色匆匆快节奏下香港人对生活的追求。地铁上一样有苦读的学生和疲惫的上班族，都是归家的人，压力也不少半分。大陆有 QQ 空间非主流、微博追星、微信表情包、知乎，香港的二次创作、恶搞文化、meme 也甚是生机勃勃。我们都一样，一样地景仰着一方清泉淌过生命的沙漠。

两天三万六十步，别离总在重逢时，罗湖关口，我们依依惜别。我不禁想到六岁时第一次来到香港，罗湖人山人海，小小的我紧紧抓紧爸爸的衣袖，却被人潮越推越远，那时候我们拿着笨拙的通行证万人"自由行"。如今呢，我握着通行卡短短两个小时就可以给你一个大大的拥抱。我窃喜，多谢这二十年里内地和香港更亲密无间往来无阻，如一根浮木摆渡着我们的感情。

但这又何止摆渡着我们的感情呢？

小时候奶奶总爱指着生活在香港的伯伯的照片絮絮叨叨："你知不知道这个是谁啊？"不等我回答又自豪地继续说："我儿子哦，以前一年才回来一次，但每次都会带很多新奇的东西回来，那时候邻里都羡慕得很呢。"我马上反驳："奶奶，你骗人，明明上星期我才看见伯伯带了一大包中山特产回香港呢，明明是我们这里的东西更吸引人。"原来啊，皇后大道东的恐慌已是过去，互惠互利才是新局面。

衣沾浅水碧湾走，心系紫荆金花盛，一湾海峡，两地相通。橘子洲头毛主席伫立，维多利亚港前五星红旗飘扬，年年岁岁，东风吹过维多利亚港，跃过罗湖，来到湖南。游子归家，1997 年，近乡情怯的儿子如今已经依偎在母亲的怀里。

图书在版编目（ＣＩＰ）数据

青春中国　繁盛紫荆：中南大学庆祝香港回归20周
年优秀作品集／白毅主编. --长沙：中南大学出版
社，2018.7

ISBN 978 - 7 - 5487 - 3043 - 9

Ⅰ.①青… Ⅱ.①白… Ⅲ.①文艺－作品综合集－中
国－当代 Ⅳ.①I217.1

中国版本图书馆 CIP 数据核字（2017）第 257492 号

青春中国　繁盛紫荆
——中南大学庆祝香港回归20周年优秀作品集

主编　白　毅

副主编　马　俊　向学勇　周　芳

□**责任编辑**	彭辉丽
□**责任印制**	易红卫
□**出版发行**	中南大学出版社
	社址：长沙市麓山南路　　　　邮编：410083
	发行科电话：0731 - 88876770　　传真：0731 - 88710482
□**印　　装**	湖南众鑫印务有限公司

□**开　　本**　710×1000　1/16　□**印张** 12　□**字数** 172 千字　□**插页** 8

□**版　　次**　2018 年 7 月第 1 版　□2018 年 7 月第 1 次印刷

□**书　　号**　ISBN 978 - 7 - 5487 - 3043 - 9

□**定　　价**　78.00 元